R. Merkel

Aeschylus in italienischen Handschriften

AF175980

SALZWASSER VERLAG

R. Merkel

Aeschylus in italienischen Handschriften

1. Auflage | ISBN: 978-3-75251-024-9

Erscheinungsort: Frankfurt am Main, Deutschland

Erscheinungsjahr: 2020

Salzwasser Verlag GmbH, Deutschland.

Nachdruck des Originals von 1868.

AESCHYLUS

IN ITALIENISCHEN HANDSCHRIFTEN.

VON R. MERKEL.

ALS MANUSCRIPT GEDRUCKT.

(ERSTE BOGEN.)

LEIPZIG

DRUCK VON B. G. TEUBNER.

1868.

Die Arbeit, welche hier in Druck erscheint, wird an Entschiedenheit ihres Ziels, an Uebersichtlichkeit ihrer Anordnung keinen Mangel haben. Von den tausend Seiten, die sie ohngefähr füllen wird, dürften wenige sein, wo die schlichte Verbindung eines ungefügen, eintönigen Materials mit wenigen einfachen kritischen Axiomen nicht beim ersten Einblick sich kund gäbe. Eine weitere vorgängige Erörterung ist deshalb unerforderlich; es wäre denn ein Wort der Entschuldigung für dieses Verfahren, das in seiner Entfremdung von allem, was mit dem Namen Aeschylus sich verknüpft, wohl auffallend erscheinen kann. Wer darin nicht vielleicht die bescheidene Form einer zu Erholung und Abspannung von realistischen Bestrebungen bestimmten Nebenarbeit zu erkennen glaubt, wird etwan eine selbstverleugnende aus Resignation auf andere Erfolge hervorgegangene Hingabe an niederen Dienst der Wissenschaft vermuthen.

Vorsätzliches dieser Art indess hat nicht obgewaltet. Die Arbeit war in methodischem Wege seit der Gründung eines kritischen Apparats durch Hermann geboten und in voraus durch seinen Vorgang mit eigenhändiger sorgsamster Vergleichung einiger Handschriften geadelt. Wenn sie jetzt an Aufgaben sich zu versuchen hatte, für deren exacte Lösung noch kein Beispiel vorhanden war, überhaupt auf einem Gebiet sich orientieren musste, dem der Ertrag, an dem jedermann verzweifelte, etwas mühsam abzugewinnen fiel, so war ein Verleugnen, Vergessen der Zwecke, denen man von je gelebt hatte und auch jetzt zustrebte, über einem etwaigen Uebermass und inhaltlosen Wirrsal der Einzelheiten doch keineswegs auch nur möglich.

Dies Variantenmaterial in seiner baarsten Aeusserlichkeit betrachtet stellt immerhin das Element dar, in welchem die Ueberlieferung des Dichters sich bewegt, mit dem sie enger gebunden ist, als die irgend eines andern Autors. Die Handschriften des Aeschylus gehören sämtlich der eigentlichen Blüthezeit byzantinischer Barbarei und Einseitigkeit an. Kaum eine Spur des von edlern Geistern bis in die ersten Stadien dieser Periode fortgeleiteten frühern litterarischen Betriebs, wie etwa bei Eustathius, lässt sich in diesen Bethätigungen des zwölften und dreizehnten Jahrhunderts erkennen, während, wie es scheint, die damals culminierende Urtheilslosigkeit und abstruse sprachliche Tendenz unbewusster wie bewusster Weise am meisten den Dichter durchdrungen hat. So fest haftet in Folge einer seltsamen Berührung äschylischer Sprache und Kunst mit byzantinischer Phantastik, — die natürlich nicht im Wesen der Sache, sondern in der Verwöhnung unseres kritischen Urtheils beruht — dieser fremde Anflug am gesamten Text, dass das Lösungsmittel noch heut nicht gefunden ist. In einer gewissen Gattung von Fällen leistet das Handschriftenlesen dafür einiges. Mehr noch als die paläographische Fertigkeit übt es den Sinn und schärft es Blick und Gefühl für byzantinische Sprachformen und Gedankengänge. Eigenthümlich entschieden ist die peinliche Empfindung, die sich dabei stets erneuert, noch ehe die rationellen Operationen der Logik oder Grammatik aufgeboten sind. Was sich im folgenden von Emendationen finden wird, ist nur auf diesem Wege entstandeu, nnd ich hoffe dass der Abdruck der Haupthandschrift ihn allgemeiner zugänglich machen wird.

Meist freilich liess die Aufspürung und Aufnahme der Grundlagen für die künftige Texteskritik jeden Gedanken an den Dichter selbst zurücktreten, nahm für die elementaren Combinationen und Vorarbeiten der Diplomatik dieselben Kräfte in Anspruch, die man gewohnt ist für Herstellung der Authentie der Kunstschöpfung thätig zu sehen, und gab oft wenig Aussicht auf genügenden Abschluss durch die Mühwaltung des Einzelnen. Denn wie der Gedanke nicht hatte aufkommen dürfen, die Grenzen der Arbeit in voraus schematisch bestimmen zu wollen, so schien der Befund der Dinge völlig aller darüber bisher gehegten Vorstellungen zu spotten. Ueber den Kernpunkt der Arbeit war kein Zweifel: was man jedoch von ihm als entbehrlich und störend sondern zu dürfen gemeint hatte, darauf leitete sich in bestem Zusammenhang und erheblicher Ausdehnung die Untersuchung weiter; auf entgegengesetzter Seite, wo man hoffnungslose Zerrüttung annahm, da gerade ward es hell, und dahin den methodischen Arbeitsbezirk zu verlegen, erschien als das höchste erreichbare. Dieser Ueberblick ergab sich zeitig genug, um an ihm die Einzelarbeit auf allen Punkten, unbeschadet ihrer erforderlichen Objectivität und Unbefangenheit, zu messen, die damit ihren Antheil an dem Gedankenkreis erhielt, der überhaupt mich bei diesen Studien beschäftigte.

Nicht eine Recension des Aeschylus dermaleinst zu ediren, wie ja deren so viele es schon sind, ist das Ziel meiner Wünsche; sondern beizutragen, dass die Arbeit für ihn in ein festes Gleis auf zuverlässiger Grundlage, in eine stete gemessene Bewegung nach vorwärts gelange. Diese Grundlage muss ein für allemal gefunden werden: an dem Fortschritt wird jeder nach Neigung und Beruf zu beschiedenem Theil mitwirken dürfen; es lässt sich da im kleinen sehr grosses leisten. Ob mir ein erhebliches gelingen würde, wenn ich, nachdem die Orientierung, die ich beabsichtigte, nicht ohne einige kleine Rückstände, erreicht ist, sofort zur Verwerthung meiner Ergebnisse in Verbindung mit Sprachstudien und sonstigem Zubehör für wirkliche Aufhellung einer der dunkeln äschylischen Fragen schreiten wollte, weiss ich nicht: ich halte für erspriesslicher, nicht blos anzudeuten oder zu veranschaulichen, wie meines Erachtens künftig zu verfahren, welche bisher üblichen Wege zu vermeiden sein möchten, sondern veröffentliche meine sämtlichen Ermittelungen, wenn man sie nicht unfreundlich aufnehmen will; — in mehr mikrologischer Weise, als mir selbst angenehm ist, um theils ohne Worte manchen schwebenden Streitpunkt zu entscheiden, theils die Bürgschaft zu geben, dass ich auch unwissentlich nichts zurückhalte, was gegen meine Ansicht möglicherweise eine übersehene Inzicht abgeben könnte. Ich beginne sofort mit dem Bericht über die durchforschten Handschriften des Aeschylus.

Die Haupthandschrift, Laur. 32, 9, enthält in einem Bande die drei Dichter, Sophokles auf hundertachtzehn Pergamentblättern in funfzehn Lagen, Aeschylus auf einundsiebzig Blättern, 119 bis 189 alter Zählung, Apollonius in zehn mit den Blättern 190, 198, 205, 214, 222, 230, 238, 246, 254, 263 beginnenden Quaternionen; durchgängig mit reichem Stoff für diplomatische Analyse, deren Schwierigkeiten sich bei Aeschylus concentrieren, ohne dass die übrigen Theile ausser Betracht bleiben dürfen.

Am leichtesten lässt sich Apollonius absondern. Seine Textschrift ist alt und schön, entschieden des zehnten Jahrhunderts; denn sie kommt völlig überein mit der zweier Mailänder Handschriften, F 12 sup. und B 106 sup., in denen, wie mir Herr Dr. A. Ceriani mittheilte, tabulae paschales die Zeiträume von 960, 961 und 966, 967 bekunden. Die Zeilenzahl auf den Seiten des Apollonius ist um sechs bis acht geringer als im Aeschylus; das Format der Blätter war ursprünglich grösser als bei Sophokles und Aeschylus, wie das umgeschlagene Blatt 199 zeigt. Er bildete früher die zweite Hälfte eines Bandes, dessen erste zehn Lagen jetzt fehlen: von den jetzigen Quaternionen tragen der zweite bis fünfte und der zehnte die Bezifferungen IB′ bis IE und K. Die Stelle dieser Zeichen am obern Theil des Blattes und ihre Gestalt ist dieselbe, wie im Sophokles und Aeschylus; so z. B. des IV Seite 205 wie Seite 161 (57) des Aeschylus: vielleicht aus der Zeit, wo beide Volumina mit Scholien versehen wurden.

Sophokles und Aeschylus sind durch solche Quaternionenzählung noch jetzt verbunden, die nur erhalten auf Blatt 81 des Sophokles, wo ich IA las; sodann dem ersten des Aeschylus, im Ganzen des sechzehnten Quaternio, da im zwölften das vorletzte Blatt, zwischen 94 und 95, ausgeschnitten, der funfzehnte, 113 bis 118, nur sechs Blätter enthält, so dass auf Blatt 119 richtig IG zu lesen. Der zweite Quaternio 127 (9) bis 134 (16) ist ohne solche Bezeichnung; der dritte fehlt; die zwei erhaltenen Blätter des vierten sind mit 135, 136, wenn ich nicht irre, von der Hand Franz Furia's, mit 25, 32 durch Herrn P. Furia, den jetzigen verdienstvollen Bibliothekar, bezeichnet: auf Blatt 135 schien der Rest eines I kaum sicher erkennbar. Blatt 137 (33) des fünften Quaternio trägt ein K; der sechste ist unbezeichnet; die folgenden sämmtlich sind es, der siebente, 153 (49), mit KB; der achte, 161 (57), mit KV; der neunte, 169 (65), mit KΔ; auf dem zehnten, 177 (73), sind nur die untern Theile des K erhalten; der elfte, 185 (81), führt KG.

Diese sechsundzwanzig Quaternionen des verbundenen Sophokles und Aeschylus zerfallen zunächst in zwei der Schrift nach völlig geschiedene Theile. Die ersten sechzehn Lagen, der Sophokles und die ersten acht Blätter des Aeschylus, sind im ganzen kalligraphisch, mit leidlicher Worttrennung, auf weissem, ausgewählten Pergament, wenn auch nicht ohne Ungleichheiten, und die Aeschylusblätter sicher von anderer Hand als der Sophokles, wohl zu derselben Zeit geschrieben. Die letzten zehn Quaternionen des Aeschylus dagegen zeigen eilige Schrift von cursivem Charakter auf grobem, missfarbigen Pergament, welche schlechthin nichts mit dem übrigen Inhalt des Bandes gemein hat. Bei einer oberflächlichen Abschätzung des ersten Theils in üblicher Weise nach dem Gesamtcharakter der Schrift, in Betracht der aus den Lesarten bekannten inneren Verwahrlosung des zweiten, kann die Ansicht entstehen, dass in

jenem die Schreibweise des zehnten oder elften Jahrhunderts
mit einiger Lockerung des strengen Typus, in diesem eine
ungleich spätere nothdürftige Ergänzung einer defecten
Handschrift, etwan auf schon abgenutztem Material, vorliege.

Dennoch dürfte das Verhältniss das umgekehrte sein.
Ich wüsste den Grad nicht zu bezeichnen, bis zu welchem
der echte alte Schriftcharakter in einzelnen Partien einer
Urkunde sich verflüchtigen kann. Die Schrift des Apollonius ist aus der Zeit der strengen Regel und erscheint
stellenweis minder sorgsam, z. B. auf Rückseite von Blatt
214 fast ganz entsprechend der des Aeschylus auf Blatt 6,
Rückseite, wenn auch nie so flüchtig, wie auf Blatt 3, 14,
16 des letztern. Aber besonders im Sophokles scheint
ersichtlich, dass der Schreiber in den ersten Quaternionen
eine sehr zierliche Schriftweise einhält, wie man sie etwan
dem elften Jahrhundert zuweisen könnte, dann in allmäli-
gem Uebergang einer andern sich zuwendet, die ihm sichtbar die geläufigere ist. Er hat von Anfang einem fremden
Muster sich angenähert, mag dies der erste Quaternio selbst
gewesen sein, den er durch die übrigen ergänzt hätte, oder
die ältere Handschrift, die er copierte. Ebenso ist es denk-
bar, dass der erste Quaternio des Aeschylus zum Ersatz
eines verlorenen von geübter Hand im Charakter älterer
Schrift, hier etwan der des Apollonius, hergestellt wäre:
und es sprechen dafür manche sonstige Anzeichen.

Zunächst ist die Schrift der letzten Quaternionen des
Aeschylus trotz ihrer in der That auffallenden Verwahrlosung nicht als jünger im Vergleich mit der des Sophokles
und des ersten Quaternio zu erweisen, noch macht sie
genauer betrachtet einen solchen Eindruck. Es mag nichts
ähnliches im entsprechenden Gebiet der classischen Diplomatik von so nothhafter, unberathener Eilfertigkeit geben;
der Schreiber oder die beiden Schreiber waren mit jedem
Schreibmaterial übel versehen: aber in den Schriftzügen ist
zäher, traditioneller Charakter, und in einer Handschrift
der Laurentiana, Plut. 7 Cod. 10, des Gregor von Nazianz,

wenn ich nicht irre, und des Nonnus Evangelium Johannis,
erscheint dieselbe Cursivschrift, ohne Zweifel von gleicher
Hand — zu Zeiten erschien sie mir neuer —, aber sorg-
samer und mehr mit Unzialen gemischt, in gar markiger,
tüchtiger Gestalt, für die vergleichsweise eine Altersbestimmung wohl zu finden sein müsste. Ich habe nur solche
Spuren alter Schreibung beobachtet, für deren Bestehn die
Gränze sich nicht ziehen lässt. Ausser der Herodianischen
Orthographie z. B., die zu jeder Zeit aus einem alten
Archetyp zu entnehmen war, herrscht in jenen Quaternionen
und der Handschrift 7, 10 der Brauch, die Diphthongen über
dem ersten Vokal zu accentuieren und aspirieren. Dass die
Handbücher der Paläographie darüber etwas bestimmtes
lehrten, wüsste ich nicht. Mein Nachbar in der Laurentiana, Dr. P. aus O., wusste meiner Nachfrage alsbald mit
einer Handschrift seines Bereichs zu entsprechen, Plut. 5, 9,
Quattuor prophetae minores cum catena patrum saec. XI,
die im Commentar durchaus, im Text nicht consequent so
schrieb. Das theilweise Vorkommen erwähnt Montfaucon
als Zeichen hohen Alters; es findet sich auch später, z. B.
in den Aeschylusscholien. Der erste Quaternio, wie auch
der Sophokles, hat im Text vereinzeltes, der Apolloniustext
nichts der Art.

Eine fernere Inzicht für die spätere Entstehung des
scheinsamen ersten Quaternio lässt sich in einer zweiten
Lagenzählung finden, die niemand noch bemerkt hat. Sie
hat ihre Stelle nicht, wie die vorige, am obern Saum der
Blätter, sondern am untern; nicht mit jenen grössern Zügen
der Buchstaben, sondern mit Minuskel, und stammt nicht
von der Hand, welche die Scholien schrieb. Sie ist hin-
weggeschnitten auf dem zweiten und fünften Quaternio,
verklebt auf Blatt 135 (25); auf dem sechsten, Bl. 145 (41),
steht sie so, $\overline{\text{ϛ}}$, wie ich bemerkt, 'entschieden nicht mit
der Tinte der Scholien'; auf dem siebenten $\overline{\text{ϛ}}$, 'von der
bleichen Tinte des Textes und der Gestalt wie dort Zeile
10'; auf dem achten $\overline{\text{η}}$ 'von der Tinte weder der Scholien,

noch des Textes'; auf dem neunten $\bar{\theta}$, 'allenfalls der Scholienhand und Tinte ähnlich'; auf dem zehnten ein sehr verblichenes $\bar{\iota}$. Stammte diese Bezifferung aus einer Zeit, wo die letzten zehn Quaternionen zur Ergänzung des ersten geschrieben wurden, so würde auch dieser entsprechend bezeichnet sein, was entschieden nicht der Fall. Die Bezeichnung, die er in oben erwähnter Weise trägt, entspricht dem Zweck, nach dem Muster eines andern Exemplars einen Codex des Sophokles und Aeschylus aus alten und neuen Bestandtheilen herzustellen. Die zehn letzten Quaternionen hatten früher einem Aeschylus mit eigner Lagenzählung angehört.

Für ihr höheres Alter würde am kürzesten der Umstand zeugen, dass ihre Schrift schon zur Zeit der Vereinigung mit Sophokles verblichen und unleserlich war, und, als der erste Quaternio geschrieben wurde, von dem Diorthoten und Schollenschreiber des Ganzen aufgefrischt werden musste; wenn über dergleichen nicht der geübteste sich täuschen könnte. Meinestheils hatte ich darüber keinen Zweifel und volle Gelegenheit, die betreffenden Stellen in günstigerer Beleuchtung, als die' Laurentiana gewährt, zu prüfen. Es sind ihrer nicht eben wenige: in dem bisher ausgearbeiteten Theile z.'B. Seite 17, 18, 19, 21, 22 der Handschrift. Minder sicher erschien· dieselbe Bemerkung auf Blatt 198 Rücks. des Apollonius und den ersten Seiten des Sophokles, besonders 4, 6, 9, 11, 13, 14: auf S. 1, 2, 3 ist die Erneuerung von späterer Hand. In den fernern Quaternionen war sie nie nöthig.

Den erheblichsten Beleg für unsere obige Auffassung bietet die verschiedene Geltung, welche die Zuthaten zweiter Hand, die Diorthose und die Scholien, für den ersten und die zehn letzten Quaternionen des Aeschylus theils, und am meisten, in materieller, theils, wovon zunächst zu sprechen, in formeller Weise' haben. Beides zieht·sich in anscheinend unveränderter Form, die Diorthose, wie wir es nennen wollen, in Minuskelschrift, die Scholien in Uncialen,

durch die drei Dichter des Bandes, und man nimmt dafür
einen gemeinsamen Schreiber an. Es würde wenig Unterschied machen, wenn man ihrer zwei zu statuieren hätte,
davon dem einen die ganze Diorthose und abwechselnde
Partien der Scholien zufielen. Die Schrift der letztern lässt
überhaupt ausser dem sehr seltnen Wechsel der Abkürzungen
und einer feinern oder stumpfern Feder keine individuellen
Unterschiede erkennen; es könnten eben so wohl mehrere
Hände betheiligt gewesen sein. Einigemal indess geht die
Scholienschrift in Minuskel über, und somit ergiebt sich
ein zwiefacher solcher Charakter, der sich durch den ganzen
Band verfolgen lässt; und diese beiden Hände scheinen sich
als gleichzeitig kund zu geben. Die des Diorthoten erscheint
am deutlichsten auf Blatt 236, Vorderseite, des Apollonius,
wo sie neun und dreissig vom Schreiber des Textes über-
gangene Verse am obern und rechten Rand nachgeliefert,
offenbar vor Eintragung der Scholien, die dadurch ihren
gewöhnlichen Platz verloren und auf den linken Rand zu
stehen kamen; ich habe nicht notiert, ob letztere entschieden
einer andern Hand gehören. Nicht unähnlich jener un-
zweifelhaften Diorthotenhand ist im Apollonius die Minuskelschrift des Epigramms Bl. 250 Rücks., S. 243 meiner Aus-
gabe, besonders des dritten radierten Verses, welches Bezug
nimmt auf die in Uncialen geschriebene mit der Fürbitte
für den Schreiber schliessende Darlegung des Scholienredi-
genten, mithin später als diese zugefügt ist. Wäre die
Identität der Schrift mit jenen nachgetragenen Textversen
fraglich, so ist sie jedenfalls ziemlich einleuchtend in dem
auf den letzten Blättern des Aeschylus eingetragenen Βίος
αἰσχύλου und Katalog der Dramen. Zugleich kehrt jene
Diorthotenhand theils in der vollen Schärfe ihres Charakters,
theils in manigfachen Abstufungen, stets erkennbar, bei
Nachträgen ausgefallener Verse und sonstigen aus der Revision sich herleitenden Aenderungen und Vermerken durch
den ganzen Band wieder. Beim Durchblättern des Sophokles scheint sich dies als unzweifelhaft ergeben zu haben;

meine Notizen gelten blos der Frage, ob jene Schrift zugleich Scholienhand sei, und bestätigen dies z. B. im Oed. Col. in sieben Fällen, V. 69 Bl. 97 Rücks. Θηϲεὺϲ καλεῖ. τι τῶν; V. 90 Bl. 98 Vord., Γρ τὰ λοῖϲθ' ἀρ αἰτῆι βίου; V. 899, Bl. 107 R, wo auch noch einigemal auf Rasur; V. 1256, Bl. 112 V, nur verschiedne Tinte; V. 1375, Bl. 113 R, τοιᾶϲθ' αρὰϲ ϲφῶιν πρόϲθετ ἐξ.; V. 1519 Bl. 115 V; gegen zwei, V. 1105 Bl. 110 V und eine auf Bl. 97 R, wo ich ungewiss war, und V. 1211 Bl. 111 R, wo in dem zugesetzten χρῄζει die Texthand mit Scholientinte nachgebildet erschien. Ueber Aeschylus liefert alles einzelne der Commentar: beispielsweise ist im Agamemnon S. 4, Z. 9 bis 11 Herm. eine solche Diorthose nachweislich früher als das Scholion; in dem bei Dindorf Vorr. 1865 p. IX erwähnten Fall dagegen, überhaupt in den mit Γρ und οἶμαι in winziger Schrift vorfindlichen Randbemerkungen, unzweifelhaft später. Das bemerkenswertheste ist, dass diese Nachträge sich im Sophokles, wenn ich nicht irre, noch mehr im ersten Quaternio des Aeschylus, fast auf ausgefallene Verse beschränken, Varianten, Rasuren, wie sie dort vereinzelt vorkommen, sich dagegen auf jeder Seite der letzten Quaternionen häufen.

Anlangend die Scholienschrift, so ist kein Zweifel, dass auf den eingelegten Blättern des Apollonius 253, 256, 260 die Minuskelschrift des Textes, obgleich völlig ungleicher Grösse, mit der Uncialschrift der Scholien derselben Blätter identisch ist. Sie stimmt überein mit dem Schriftcharakter jener Unterschrift παράκειται u. s. w., welche genau auch die Tinte der Scholien und keineswegs die Schrift des Textes zeigt; ebenso gleicht sie der Schrift des am Schluss angefügten Ἀπολλωνίου βίοϲ, dessen Uncialüberschrift den Scholien des letzten Blattes entspricht. Ausserdem ist alles dies sehr analog grossen Partien des Sophoklestextes, beispielsweise das Γένοϲ ἀπολλωνίου dem Blatt 64, Blatt 253 der Rückseite von 117; ingleichen den Argumenten der sophokleischen Stücke, die sehr ungleichmässig vorhanden sind;

auf dem ersten Quaternio keines, das der Elektra 17 R
kürzer als der dafür gelassene Raum, die übrigen gleichzeitig dem Text, 33 V sehr breit zu Oedipus Tyr., 49 R
die ganze Seite zu Antigone, zu Ende, 64 V, nochmals
ὑπόθ. ἀντιγ., 64 R seitenlanger Auszug aus Apollodor zu den
Trachinerinnen, 79 R zu Philoktet, 96 V zu Oedipus Col.
Im ersten Quaternio des Aeschylus ist eine Uebereinstimmung der Text- und Scholienhand vielleicht nicht erkennbar:
ein Zusammenhang derselben indessen ergiebt sich aus der
präcisen äussern Anordnung, dass der Textschreiber für
das Argument genau den erforderlichen Raum liess, die
Scholien sich sichtbar symmetrisch auf den Seiten ordnen,
wie sie im Orginal gethan haben mögen; was auf den übrigen Quaternionen alles nicht der Fall.

Ich verhehle nicht, dass unter diesen Beobachtungen
sich einige befinden, deren Sicherheit bei wiederholter Prüfung zu Zeiten mir zweifelhaft erschienen ist, und habe
stets bedauert, für gründliche Analyse der Sophokleshand-
schrift keine Zeit zu finden. Sie würde mit allen ihren
Aeusserlichkeiten ein lehrreiches Beispiel jener Redaction
der Tragiker in beträchtlich späterer Epoche, als man bisher annahm, liefern, von welcher uns für Aeschylus ein
urkundlicher Beleg nur im ersten Quaternio vorliegt. Dass
Grundlage und Charakter der beiderseitigen Behandlung
durchaus dieselben gewesen sein müssten, soll damit nicht
gesagt sein. Was über beides bei Aeschylus sich ferner
noch wird ermitteln lassen, mag für die wohl ungleich
schwerere Beurtheilung der sophokleischen Ueberlieferung
vielleicht einige Gesichtspunkte bieten.

Die aus sämtlichen obigen diplomatischen Erörterungen
zu entnehmenden Andeutungen über das Verhältniss des
ersten Quaternio des Aeschylus zu den übrigen schliessen
sich zu einem Resultat erst bei näherem Eingehn auf Be-
schaffenheit und Bestand des in der Handschrift selbst gebo-
tenen kritischen Materials zusammen, für dessen Beurtheilung

und Verwerthung im einzelnen, wie sie demnächst unsere
Aufgabe sein soll, damit zugleich eine bleibende Richtschnur
gefunden sein wird.

Was darüber in der Kürze zu sagen wäre, lässt sich
in die Sätze zusammenfassen, dass erstlich der Charakter
des Textes in beiden Bestandtheilen der Urkunde ein
wesentlich verschiedner in umgekehrtem Verhältniss der
innern und äussern Prädicate ist. Der Contrast zwischen
den Spuren sehr alter Ueberlieferung mit den aus Zufällen
stammenden Störungen und der mechanischen Bewusstlosig-
keit des Schreibers ist im ältern Theil eben so bemerklich,
als im ersten Quaternio das Bemühen um Eleganz augenfällig, Eingriffe in Orthographie und Prosodik nachweisbar,
und der Argwohn regsamer Interpolation gerechtfertigt. Die
Scholien dagegen, zweitens, sind in beiden Theilen derselben
Währung: sie stehn im ersten in vollem Einklang mit dem
Text, sind für diesen berechnet und aus diesem Grunde
sehr oft im Widerspruch mit dem des zweiten, in ähnlicher,
vielleicht noch auffallenderer Weise, wie dies bei Apollonius zu bemerken. Drittens, was in beiden Theilen bisher
als Diorthose der zweiten Hand bezeichnet wurde, verdient
blos im ersten Quaternio so zu heissen. Es besteht dort
in den wenigen Nachträgen und Nachbesserungen, die aus
dem zur Abschrift benutzten Original erforderlich erschienen.
Dergleichen war für die Textschrift des zweiten Theils
seiner Zeit nie geschehen. In dem Zeitraum, wo diese un-
revidirte Abschrift ruhen blieb und zu Schaden kam, oder
auch früher, wurde ihr Original für andere, sorgfältigere
Copien benutzt: sie enthielten alles das, was durch die
unterlassene Diorthosis unserer Abschrift im Laurentianus
verloren gegangen war, eine Anzahl Verse mehr, auch die
Scholien, die das Original, aus ihrem Eindringen in unsern
Text zu schliessen, gehabt haben muss, und auf deren
Uebertragung beim Liniren der Blätter des letztern Absehn
genommen gewesen scheint. In der Weise und dem Geiste
jedoch, wie jene muthmasslichen ältern Scholien im Lauren-

tianus mit neuer Zuthat gemischt erscheinen, so dass die
Versuche, die ich immer noch möglich halte, sie mit Hülfe
äusserer Zeichen auszusondern, bisher misslungen sind, wurde
auch der Text vielfach eigenmächtig umgestaltet: ob ausserdem mit Hülfe anderer Handschriften, oder blos der in dem
einen Archetypus verzeichneten Varianten, lässt sich kaum
entscheiden; sämtliche Hauptschäden des Textes, wie sie
der Laurentianus aus jenem überträgt, scheinen auch dort
ohne irgend eine Abhülfe geblieben zu sein. Aus einem
Exemplar nun dieser neuen, interpolierten Redaction, demselben, welches der stattliche erste Quaternio des Laurentianus wiedergiebt, ist auf den letzten zehn Quaternionen
gleichzeitig mit dem Eintragen der Scholien eine Ueberarbeitung des alten Textes vollzogen, für deren Veran-
schlagung die natürlichste Annahme wohl ist, dass der sie
unternahm an der vollständigen Lösung der Aufgabe, den
neuen Text zur Geltung zu bringen, verzweifelte. Seine
Ausdauer ist durch alle sieben Stücke dieselbe, der Mühe-
aufwand auf jeder Seite von Vers zu Vers, in Verschärfung
undeutlicher Spiritus, Hinzufügung zahlloser vergessener
oder verblichener Accente, wie in umständlicher Tilgung
alter Lesarten, oft sehr guter, zu Gunsten der neuen. Dennoch
ist viel fehlerhaftes stehn geblieben, ohne Zweifel wesent-
liches der neuen Recension verschwiegen worden, ohne dass
man an besondere Motive, Achtung vor dem ältern Text,
oder Beschränkung auf Ausgleichung desselben nur mit den
Scholien zu denken hätte. Der Text der ältern Hand ist
ziemlich überall, selbst unter den Rasuren, den ersten Quaternio abgerechnet, noch vollständig, der der neuen Redaction für die letzten Quaternionen nur unvollständig zu
constatieren.

Nächst der mässig verwickelten Aufgabe, die uns im
Folgenden am meisten beschäftigen wird, diese beiden
Texte in ihrem dermaligen Bestande durch Abdruck und
Zusammenstellung zur Uebersicht zu bringen, auch wohl
die Beurtheilung ihres Verhältnisses zu einander vorzu-

bereiten, ergiebt sich die zweite, eine mögliche Ergänzung
ihrer mangelhaften Partien durch die neuern Handschriften
in Betracht zu ziehen, was im weitern Verfolg einigen
Schwierigkeiten begegnen wird.

Dass dergleichen zu ermitteln sein werde, ist nicht
undenkbar; am wahrscheinlichsten für den Text zweiter
Hand des Laurentianus, in derselben Weise, wie es für
Apollonius bereits sich hat nachweisen lassen. Wie dort die
Scholien und die Supplemente der eingehefteten Blätter
einem Exemplar von durchgängig abweichender Textesre-
vision entnommen wurden, und von letzterer vollständige
Abschrift in zwei neuern Handschriften erhalten ist, so lohnt
es hier ohne Zweifel der Nachfrage, ob die zur Complettie-
rung des Aeschylus erster Hand benutzte Redaction nicht
weitere Verbreitung gehabt haben möge; und gerade sie
vollständiger zu kennen ist, wie die Sachen liegen, das
Hauptbedürfniss. Der Text erster Hand im Laurentianus
ist ein zu werthvolles Geschenk des Zufalls, um, was ihm
fehlt, allzu schwer in das Gewicht fallen zu lassen. Die
Fortpflanzung einer sachkundigen vollständigen Abschrift
seines Originals bis in das dreizehnte Jahrhundert läge
immerhin noch in den Grenzen der Möglichkeit, da für
Euripides der Fall berichtet wird; ist jedoch bei dem
frühen Eintritt der Ueberarbeitung unwahrscheinlich, und
was sich von Spuren der Art andern und mir geboten, mag
leicht auf Täuschung beruhen.

Die Ansicht, dass sämtliche Handschriften ausser dem
Laurentianus aus diesem selbst und allein sich herleiten,
hat im voraus zu wenig Wahrscheinlichkeit, um selbst mit
allen den Annahmen von indirecter Abstammung und Ein-
griffen der Interpolation, die man zu Hülfe nimmt, in Geltung bleiben zu können. Es ist unzweifelhaft, dass zur
Zeit der Beendung des Laurentianus Aeschyluscodices von
der Description des ersten Quaternio vorhanden waren, die
sich in Form und Inhalt für die damaligen Anforderungen,
wo irgend freie Wahl gelassen war, besser empfahlen, als

der Laurentianus. Letzterer kann dessen ungeachtet copiert worden sein: zu bestimmten Zwecken, nicht um als Lectüre zu dienen, ist es einmal notorisch mit peinlichster Genauigkeit geschehen, im Florentiner Marcianus; ich glaube, zur Zeit und für die Zwecke der ersten eklektisch-nivellierenden Recensionen in der Weise des Triklinius. Auf diesem Wege mag einzelnes in Menge aus ihm in die ansehnlichsten Handschriften des vierzehnten und funfzehnten Jahrhunderts übergegangen sein: aber was man Abstammung aus ihm nennen kann, darf nicht weiter ausgedehnt werden, als die sichern Indicien reichen, an denen kein Mangel ist. Als ein solches kann schon die Reihefolge der Stücke in den Codices gelten: wo die Ordnung der frühern Ausgaben eingehalten ist, dürfte der Text aus der alten Redaction des ersten Quaternio stammen; diese hat die lesbarsten Stücke, deren Commentierung sie sich gewachsen glaubte, in erste Reihe gestellt. Im übrigen sind die Besonderheiten des Gesamtbefunds im Laurentianus augenfällig genug und für's künftige hinlänglich übersichtlich, um über die Herleitung irgend einer andern Handschrift aus ihm, selbst durch Mittelglieder, kaum bei Vergleichung irgend erheblicher Partien, geschweige im Umfang des Ganzen, einen Zweifel zu lassen.

Ebensowohl wird das in den Zuthaten zweiter Hand enthaltene kritische Material ausreichen, um an ihm die Verwandtschaft aller nicht erweislich dem Laurentianus selbst entstammenden Handschriften mit jener Redaction, etwan aus der Mitte des zwölften Jahrhunderts, zu prüfen. Eine neue durchgängige Umgestaltung des Textes im Laufe des dreizehnten Jahrhunderts, wie sie bei der Abgerundetheit jenes früher revidierten Textes kaum erforderlich scheinen konnte, würde sich wahrscheinlich, wenn sie vorläge, erkennen lassen. Ist sie unterblieben, so lassen sich in den gemeinsamen Abweichungen des Textes der neuern Handschriften dreizehnten und vierzehnten Jahrhunderts von der ersten Hand des Laurentianus Bestandtheile der Redaction des ersten Quaternio, möglicherweise der echtesten Ueberlieferung, die dort vom Schreiber erster Hand verfehlt, von dem der zweiten übersehen wären, vermuthen. Auf ein Resultat dieser Art schien sich während der Collation der Handschriften eine Aussicht zu eröffnen. Die Untersuchung ist völlig von neuem auf jedes Ergebniss hin, mit Darlegung aller etwaigen Unklarheiten im Ganzen und im einzelnen, zu beginnen. Es fehlt zunächst an jedem Ueberblick des diorthotischen Betriebs im dreizehnten und vierzehnten Jahrhundert. Alle jene Handschriften sind in Orthographie, Prosodik und Interpunction nach systematischen Theorien, besonders zwei verschiedenen, behandelt, deren Urheber, Zeit und Umfang noch mühsamer Erörterung bedürfen. Zwischen ihnen und dem Laurentianus liegt z. B. die Periode der Tzetzes: die Spuren einiger Betheiligung dieser an Aeschylus finden sich in den Handschriften selbst; ihre Verfahrungsweise ist mir weder daraus, noch aus Lykophron, Aristophanes oder zahlreichen hesiodischen Handschriften, die ich benutzt, zur Zeit hinlänglich deutlich: völlig mit der der zweiten Hand des Laurentianus zusammenzufallen scheint sie jedenfalls, trotz der Nähe der chronologischen Berührung, nicht.

Der gesamten neuern Handschriften in Italien, Neapel ausgenommen, die mir bekannt worden, sind beiläufig vierzig; davon genauer bekannt, ganz oder theilsweis verglichen bisher nur zwei Venetianer und eine Florentiner waren. Ich gebe, was ich äusserliches darüber verzeichnet habe, und setze zu den demnächst in Collation ·zu publicierenden die Chiffern, welche sie führen werden.

In Venedig war die Frage nach dem Alter jener mehrfach verglichenen beiden Handschriften von eigenthümlicher Bedeutung für die ganze Untersuchung. Die Angabe auf dreizehntes Jahrhundert, wie sie für beide vorlag,˙ dient bekanntlich bei griechischen wie lateinischen Handschriften oft als Auskunftsmittel bei Mangel sicherer Entscheidungsgründe. Sie war hier bezüglich der Handschrift, welche

dem Charakter ihres Textes nach Anspruch auf eine der
ersten Stellen hat, von Haupt praef. p. VIII in Zweifel
gezogen, von Dindorf (Ueber die med. Handschr. Erster
Art. S. 60) um ein Jahrhundert ermässigt, und damit die
wünschenswerthe Scheidung wenigstens von der Periode des
Moschopulos und Triklinios in Frage gestellt. Eigenes
Urtheil konnte sich blos auf Erinneiung an römische und
florentiner Anschauungen stützen: sachkundige Freunde indess bestätigten, dass Material und Schriftweise, diese völlig
entsprechend der Urkundenschrift des dreizehnten Jahrhunderts, keine jüngere Ansetzung bedingen. Dasselbe ur-
theilte über die Handschrift Kirchhoff, Eurip. p. V. Eine
weitere Auskunft wäre vielleicht aus den Scholien zu entnehmen, die ich in den Persern dem Text gleichzeitig und
besonders mit Dindorf's O übereinstimmend fand, ohne sie
mit denen der nächst jüngern Handschriften vergleichen
zu können.

Gegen die Altersbestimmung der Pergamenthandschrift
(Haupt praef. p. IX) hatte ich längst Zweifel gehegt. Auch
Dindorf setzt sie an das Ende des dreizehnten (S. 76), den
Anfang des vierzehnten Jahrhunderts (S. 87), immer aber
älter, als sämtliche übrigen neuern Handschriften (S. 56,
61, 76), und glaubt in ihr eine Textrecension des dreizehnten Jahrhunderts selbst (S. 71, 77) erhalten, deren tiefgrei-
fende Interpolation die gesamte Ueberlieferung bis zu Triklinios beherrscht habe (S. 78). Aus dieser Auffassung
leitet sich der Zweifel an den Erfolgen einer Prüfung der
neuern Handschriften, selbst der bisher völlig ungekannten,
her: während ein entgegengesetzter Weg der Betrachtung
auf Grund der erreichbaren Uebersicht des Materials zu
einem sehr verschiedenen Ergebniss zu führen scheint, die
Redactionsweise des dreizehnten Jahrhunderts in jener Handschrift nicht erkennen lässt. Entscheidung zwischen beiden
Ansichten wird zu finden sein: die kürzeste würde immerhin in der Erkenntniss liegen, dass man von je die Handschrift um mehr als ein Jahrhundert zu alt geschätzt. Mir

schien sie wirklich kaum griechischer Herkunft und etwa der Mitte des funfzehnten Jahrhunderts angehörig, wie die in der Schrift ihr nahekommende vaticanische auf Pergament; auch hörte ich nie ein anderes Urtheil aussprechen. Was sonst über die Venediger Handschriften zu berichten, wäre folgendes.

(A) n. 467 (XCI, 4) Grossfolio, 190 Blätter, Seidenpapier mit Griffel liniert, einst des Bessarion (Index librorum ms rev. card. Niceni 1545 p. 22 class. 14 cod. 16), enthält auf den ersten 47 Blättern Oppian: die Schrift geht mit Bl. 32 bei engerer Stellung der 30 Zeilen in etwas andern, anscheinend neuern Charakter über, der sich durch die Aeschylusabtheilung fortsetzt. Diese beginnt mit Bl. 48 V, worauf αἰϲχύλου γένοϲ: — p. 6, 1 Dind. ἐποίηϲε δράμα ō καὶ ἐπὶ τούτοιϲιϲατυρικὰ ... πάϲαϲ εἴληφει δέκα καὶ τρεῖϲ ... ἀπηνέγκατο. πρῶτοϲ —. Bl. 48 R bis 59 V Prometheus in zwei Columnen meist zu 27 Zeilen mit wechselnden Versen, — in dem Personenverzeichniss zwischen ὠκεανὸϲ und ἑρμῆϲ, γῆ: ἡρακλῆϲ: — reichhaltige Scholien; ebenso Bl. 59 V bis 68 R die Sieben, und 69 V bis 78 V die Perser. Die ὑπόθεϲιϲ enthält an derselben Stelle, wie bei Dind. p. 416, 10, die Didaskalie mit γλαύκῳ ποτνιεῖ und am Schluss nach Z. 18 τὰ τοῦ δράματοϲ πρόϲωπα ∼ χορὸϲ γερόντων: ἄτοϲϲα u. s. w. Unter dem Schluss des Stücks rechts findet sich das Epigramm von Tzetzes ὁ γῆν θαλαϲϲῶν u. s. w. von neuerer Hand und Tinte, derselben, die auf Bl. 50 V und R, dann von 69 R an durchaus die obern verblichenen Verse der Seiten überzogen hat. Auf dem übrigen Theil von 78 V folgt der κατάλογοϲ τῶν αἰϲχύλου δραμάτων in einer Ordnung, wie sie entstehn musste, wenn das Original die Namen in der Schreibweise des Aeschylustextes, je vier auf zwei Columnen vertheilt enthielt und der Abschreiber jede Columne in senkrechter Richtung zusammenfasste — n. 21 D. (13 der Handschr.) ἡρακλείδηϲ, wie auch der Laur. hat; ebenso 22 (14) θρήϊϲϲαι: von den übrigen bei Dindorf bemerkten Varianten des Laur. alle,

ausser vielleicht 8, 20, 60; abweichend nur 23 (49) Θεόδωροι
ἢ ἰcομοιαϲαί, 31 (53) κίρκοι ϲατυρικοί, 45 (25) und 69 (38)
deutlich, was Laur. undeutlich λύτρ̄. —. Unmittelbar daran
schliesst sich ἀγαμέμνονοϲ ὑπόθεϲιϲ, übereinstimmend mit
der des Laur., wie sie, einige Kleinigkeiten abgerechnet,
bei Dind. zu lesen: doch hat unser Codex Z. 2 cημαίνειν
ἔφη διὰ πυρcοῦ, 18 ἀπέδειξε, 20 πατρὸϲ αἰγίϲθου, nie κλυ-
ταιμήϲρα, wie der Laur. (zweiter Hand) stets, und καccάνδρα.
Mit 78 R beginnt der Text des Agamemnon und reicht auf
drei Seiten bis V. 333 H. Da die Scholien fehlen, benutzte
der Schreiber die sonst für sie abgetheilte Columne und
den Raum des untern Randes für den Text, der nun auf
der Seite 34 dreifach getheilte Zeilen zeigt. Zu Ende von
Bl. 79 R steht das Quaternionenzeichen αιϲχυλ δ΄, wie auf
71 R die Spuren des dritten sich erkennen lassen. Ein nach
79 ausgeschnittenes Blatt scheint dem Agamemnon nicht
angehört zu haben. Auf 80 V beginnt mit cοφοκλέουϲ γένοϲ
die Abtheilung des Sophokles bis 157 .V: der Text von
derselben, die Scholien von neuerer Hand, als bei Aeschylus geschrieben: die Quaternionenzählung war abgesondert;
auf 134 R erscheinen Spuren, auf 142 R dagegen deutlich
cοφοκλ η΄. Eine doppelte Paginierung, die ältere, stark
verblichene, auf dem untern Theil der Blätter, nur 67 bis
74 fehlend, geht gleichmässig durch den Band und gilt dem
jetzigen Bestand desselben. Ein Wasserfleck am obern
Rand setzt sich nicht entsprechend von Aeschylus zu Sophokles fort.

(V) n. 616 (XCI, 5) Folio, auf altergeschwärztem Pergament, mit Griffel liniert, enthält zuerst Sophokles vollständig, dann Blatt 82 R bis 92 V Aeschylus Prometheus,
der βίοϲ und das Argument mit den δράματοϲ πρόϲωπα —
ohne Γῆ und Ἡρακλῆϲ — auf den zwei ersten Columnen
anscheinend in neuerer Schrift nachgetragen; 83 R beginnt
der Text in zwei Columnen senkrechter Versfolge, ohne
Scholien. Bl. 92 V bis 100 R die Sieben; das Argument
von der Hand des Promctheustextes, der Text mindestens

mit der Tinte des Prometheusarguments: Scholien fehlen
ebenfalls. Bl. 100 R bis 109 V die Perser, Text von der
ältern Hand, die Hypothesis — fast ganz wie im Laur.,
nur γλαύκψ. ποτνιεῖ. προμ. — und die Verse am Schluss
∾ περcῶν πέφυκεν αἰcχύλου τέλοc τόδε ∾ ἄθρει τολοιπὸν
ἀγαμέμνονοc φόνον 'von anderer, bleicherer'. Scholien finden
sich nur zwei oder drei, das bei Dind. p. 518 Z. 1 bis 17
auf Bl. 100 R unter dem Argument, 'allerdings von neuerer
Hand', das folgende 102 V. Es folgt 109 V bis 114 R,
erste Columne, Agamemnon mit Hypothesis, fast überein
mit der in Cod. F: der Text wohl von der ältesten Hand,
nur die Tinte bis 109 R bleicher. Nach diesem Blatt ist
der Quaternio ιε', etwa 960 Verse enthaltend, da die beiden
Columnen der Seiten deren 60 haben, ausgefallen. Auf
114 R, zweite Columne, Zeile 8 und 9 τέλοc ἀγαμέμνονοc
∾ ἀρχὴν δὲ λοιπὸν τῶν εὐμενίδων βλέπε: — Z. 10 beginnt
die Hypothesis der Eumeniden mit Personenverzeichniss,
wenig von dem des Laur. verschieden, Z. 19 der Text,
endigt auf 122 R Z. 5 mit ∾ ἰδοῦ πάλιν γε τέρμα τῶν
εὐμενίδων. Am Schluss von Bl. 117, Quat. ιϛ', bei V. 360 H
hat eine neue Hand, 'etwa des siebzehnten Jahrhunderts',
bemerkt 'sequitur hic p. 185': unter der Bezifferung des
letzten Quaternio, 118 bis 122, erkennt man die ältern
Zahlen 185 bis 189, wie früher unter einigen des Agamemnon eine um 15, in Prometheus und Persern um 22 niedere,
im Sophokles um 63 höhere Ziffer. Dem Quaternio ιζ'
fehlen die letzten drei Blätter, blos 121 und 122 sind verbunden. Die beiden Lücken des Textes fallen, die erste,
von V. 572 bis 635 H, auf 119 R, erste Columne, zwischen
Z. 16 und 17; die andere, von V. 770 bis 796 H, zwischen
Z. 2 und 3 zweiter Col. von Bl. 120 R. Diese Defecte
sind älter als die in ihrer Nähe eingetragenen Scholien,
gleichlautend mit Dind. p. 530 Z. 19 bis 25: die Berech-
nung der Verse von 555 bis 769 H auf 149, ohne Correctur,
setzt den ersten Ausfall; die Bezeichnung der Antistrophe
797 bis 809 als ᾠδὴ ἐπῳδική Z. 21, während Z. 31, 34 die

beiden ähnlichen Gesänge 823 und 857 richtig gefasst sind,
setzt den zweiten voraus. Diese Scholien wiederum, wie
sie die Handschrift ziemlich genau im Umfang und Wortlaut der Dindorfischen p. 522, Z. 1 bis 9, p. 525 bis 531 zu
Agamemnon und Eumeniden enthält, sind in ihr anscheinend
später als der Text, wie einiges oben erwähnte, vielleicht
indess doch von derselben Hand eingetragen und nicht
jüngern Ursprungs als er, da er Eum. 911 unter Einfluss
des Scholions geändert ist. Sie haften an der Redaction des
Textes überhaupt, für welche die Handschrift ein Zeugniss
neben andern ist. Ich weiss das Verhältniss von V zu F
noch nicht sicher zu bestimmen. Ihre Scholien stimmen im
Agamemnon meist beiderseits wörtlich mit Dindorf's Druck,
kleine Ueberschüsse in F, wie bei V. 340, 1387 H, abgerechnet, und lassen das Verhältniss zu den von Dindorf
veröffentlichten des Triklinios (Ueber die med. Hd. Zweiter
Artikel S. 30) überschauen. Für die Eumeniden habe ich
nur zu bezeugen, dass ausser den Citaten S. 529, 14, 25;
530, 3, 13, einem fehlenden Scholion zu V. 834 H und den
530, 22; 531, 11, 32 zu tilgenden Lemmatis Druck und
Scholien des V übereinkommen.

Bei der Vergleichung dieser beiden Handschriften habe
ich die schon vorhandenen Collationen, namentlich I. Bek-
ker's, nicht gleichmässig zur Hand genommen; weshalb
nicht ganz seltne Differenzen, die sich finden, zur Zeit als
unerledigt zu gelten haben. Eine dritte Venediger Handschrift, n. 370 (XCI, 5), Kirchhoff Eur. praef. p. VII oder
IX, Folio, Pergament, zierliche Schrift, deren Alter nur aus
Bessarion's eigenhändiger Einzeichnung zu bestimmen, erschien mir Abschrift von A und selbst für Entzifferung
der in dieser verlöschten und überzogenen Stellen ohne
Nutzbarkeit. Eine vierte bei Haupt p. XV, Kirchhoff
p. VII erwähnte ist mir wohl nicht zu Gesicht gekommen.

In Mailand waren werthvolle Handschriften noch völlig
unbenutzt.

(X) n. C 222 infer., einst G. Merula's und J. V. Pi-
nelli's: Grossfolio, Seidenpapier, ausser den ersten beiden
und andern eingelegten Blättern 14, 15, 19, 51 u. s. w.;
im ganzen 362. Man schätzt ihn aus dem dreizehnten
Jahrhundert, z. B. Ahrens, Theokr. praef. p. XXVIII:
dafür sprechen äussere Zeichen, z. B. ein sehr grosses,
meist seitwärts untergeschriebenes Jota, dann verhältniss-
mässige Reinheit der Orthographie, ungleich mehr noch als
in A; besonders die Weise, wie er in dergleichen mit gewissen reichhaltigen Miscellancodices, ebenfalls nicht von
Schreiber-, sondern Gelehrtenhand, übereinkommt, dem
Laurentianus 32, 16 mit Oppian, Nicander, Apollonius, Hesiod, den vaticanischen 50, Sophokles, Hesiod, Pindar; 121,
Hesiod, Pindar, Aratus; 915, Hesiod, Lykophron; 1363,
Euripides, Sophokles, Theokrit, Hesiod, Pindar, u. s. w.,
die man ähnlich oder älter schätzt. Auf Bl. 3 beginnen
die Sieben mit V. 426, Text und Scholien auf den Seiten
wechselnd, wie auch sonst, und enden 12 R. Auf Bl. 13 V
Z. 7 ἐκ τῆς μετρικῆς χρονικῆς βίβλου ἰωάννου τοῦ τζέτζου
ἀλληγορίαι, Zeile 8 τοῦ μακαρίτου τζέτζου περὶ ἀλληγορ: —
jambische Verse in drei Columnen, schwer zu entziffern,
wie ähnliches auf 16, 18, 40, 41, 42, 79, 80, 81 R, 106,
108, 337 R bis 339 V. Die Perser füllen 20 bis 39 R: in
der Hypothesis die Didaskalie mit γλαύκω . ποτνϊεῖ. προμηθεῖ.
Auf 43 beginnt — die Schrift sehr von der bei Aeschylus
verschieden — βίβλος ἀριϛοφάνους τζέτζον φορέους' ὑπο-
φήτην: nach der bekannten Einleitung bis Bl. 60 der Plutos,
bis 78 die Wolken, bis 105 die Frösche. Bl. 109 bis 175
Lykophron mit Is. Tzetzes, 176 V bis 180 R Hesiodus
Aspis mit Vorwort und Commentar von Joh. Tzetzes, dann
Pindar, Hesiodus Erga, Oppian, Dionysius und Theokrit.
Die Handschrift steht an Interesse der A mindestens gleich
und über sämtlichen übrigen; ich bedauere nicht auch den
Scholiasten verglichen zu haben.

(Y) n. H 56 sup., ebenfalls Pinellianus, Kleinfolio,
Seidenpapier, schwarzglänzende Schrift; 126 in griechischen

Ziffern paginierte Blätter. Das Alter würde man in der herkömmlichen, etwas unmethodischen Weise auf Anfang des vierzehnten Jahrhunderts veranschlagen. Genauere Auskunft geben auch einige ganz interessante Einzeichnungen eines der alten Besitzer nicht, die ich, aufmerksam gemacht von Herrn Ceriani, fand, aber kaum dem wesentlichen Inhalt nach zu entziffern vermochte. Von zweien auf Blatt κγ V scheint die erste zu sagen, dass ein jugendlicher Priester den Band mit andern käuflich erwarb: .....
τἀύτην τὴν πἀν ... καὶ θεάρεϛον βίβλον τοῦ ἐν coφοῖc coφο-
κλέουc. cὺν δυcιν τρ/ εὑριπίδου καὶ θουκηδήὸ· ὀνιcάμην καγῶ·,
ὁ ἐλάχιϛοc· καὶ ἀνάξιοc ἐν ἱέρευcιν θωμαc... καλάμου νεότηc
ἐκ τῶν βίβλων τοῦ... καὶ μακαρίτου δημητρίου τοῦ πάνι
φιλομάθουc καὶ λεγωμένου φιλου φιλοπόνων .... Die zweite, aus verschiedner Zeit, enthält Data seiner Personalchronik, davon die erste wenig deutliches ausser dem Datum enthält:
μηνὴ ὀκτοβριω .... ἴν χρονίαc τοῦ χριϛοῦ ατϙδˢ ἐγῶ θωμάc·
ὁ καλαμονεότηc· ἑρμαϛηκα..... Drei andere auf Bl. νη R, etwas lesbarer, bekunden die Geburt dreier Söhne: .....
ἐξημεροννώντ· κυριακῆc . πρωοῦ· παρα τὸ μεcονύκτιον εἰc ϛάc
κε τοῦ cεπτεβρίου· ὅταν ἐκατέβαν ὁριγαc εἰc τὸν κάγμπον·
.... ἴν χρωνίαc ὕ̈ζϭιε — : ... δευτερ .. τοῦ ἰουλίου . ἴν χρονίαc ᾳυῖα —: ... ἐξημεροννοντα´ κυ .. ϛάc δ̄ τοῦ φευρα ..
ὥρα γ̄ τῆc νυκτόc ... ἴν χρωνίαc ᾳυῖγ ... Bl. ᾱ bis κβ
füllt Sophokles Ajax, κγ R bis μ̄ R Elektra, μα R bis
ν̄η V Oedipus Tyrannus: der Text, wie überall im Bande, in zwei Columnen mit wechselnden Versen; die zwischengeordneten Scholien bis μ̄ε V ebenso, von da ab in der Breite des Blattes, wie bei Aeschylus, geschrieben, enden mit ν̄ε, wenige Zeilen auf ν̄ξ R abgerechnet. Von ν̄θ V bis ο̄ξ R folgt Aeschylus Prometheus — Bl. ο̄α R steht bei V. 769 ein + und am Rand von dritter Hand die Verse 770 bis 773 —, von ο̄ξ R bis ϙ̄α R die Sieben, von ϙ̄β R an bis ρ̄η V die Perser; allesamt mit absatzweis vertheilten Scholien. Von ϙ̄η R bis Ende ebenso Dionysius Periegetes. Die Hand ist durchgehends die des-

selben geübten, unwissenden Schreibers: Glosseme zweiter Hand häufig.

(Z) n. I 47 sup., Pinellianus: Quart, auf geglättetem Leinenpapier. Zuerst Oppian, Halieutika, in zierlicher Schrift auf 67 nicht numerierten Blättern, nur das erste von neuster Hand ergänzt: dann auf 22 Blättern Euripides Hekabe, mit vorstehendem βίος, die Schrift der ersten acht Blätter ansehnlicher noch als im Oppian, dann kleiner und von Bl. 16 an gering, zuletzt sogar neu. Auf Bl. 23 bis 50 Orestes, Tinte missfarbig, Schrift von 32 bis 40 kritzelhaft, nur das Papier durchaus dasselbe. Bl. 51 bis 77 die Phönissen, ebenfalls in geringerer Schrift. Bl. 78 enthält βίος αἰϲχύλου und Argument des Prometheus, im Schriftcharakter des spätern Euripidestextes und der Scholien und Glosseme zu Aeschylus. Der Text des Prometheus, 79 bis 99, ist in der besten Schrift des Bandes; ebenso die Sieben, 100 bis 117, mit Ausnahme der letzten Blätter; nicht minder die Perser, 118 bis 138, durchaus sorgsam in Schriftzügen und Verwendung des Raumes. Ich fand diese Schriftweise sehr ähnlich der des Codex F, zugleich aber bei tüchtigerem Material von erheblich älterm Ansehn, nicht unähnlich vielleicht dem venediger Hesiodus von Triklinios Hand.

Aus diesen drei Handschriften sind zur Zeit nur die Perser in Betracht gezogen. In der Z verglich sie mein Reisegefährte und College Dr. B. Nöldechen: die Collation wird die unbeschränkte Verwendung, die er mir gestattet, nicht finden; ich wünsche vielmehr, dass sie in selbständiger Weise die Reihe der Nachträge, die ja auch sonst zu meinen Erwerbnissen wünschenswerth sind, eröffnen möge. Selbst in Mailand blieben noch zwei Handschriften unberücksichtigt, die freilich weit hinter den besprochenen zurückstanden.

Die Florentiner Handschriften derselben Classe habe ich einer etwas ungleichmässigen Abschätzung unterzogen und selbst über die zuerst benutzten wenig notiert. Unbenutzt blieben die Papierhandschriften 31, 1, grösstes For-

mat, funfzehntes Jahrhundert, Schrift ähnlich dem grössern
vaticanischen Kallimachus; 91, 5, sehr neuen Ansehens;
32, 2, Folio, wenn ich mich recht erinnere, beschrieben bei
Kirchhoff Eur. p. IX; zwei oder drei andere bei Bandini
und Franz S. 304 erwähnte. Verglichen wurden folgende
fünf.

(G) Laur. 31, 3: die Schrift schien ziemlich alt; die
Perser enthält er nicht, wie Bandini giebt; nur die Hypothesis dazu; Prometheus beginnt auf Bl. 152 V.

(C) Laur. 28, 25, kleines Format, Seidenpapier, Schrift
sehr ähnlich Mail. Y, gab erwünschte Ausbeute in Prometheus und Persern, von welchem Stück einige Blätter der
Mitte unverglichen blieben. Die Scholien aus ihm und dem
folgenden benutzte Dindorf.

(D) Laur. 31, 2, schmales Octav, Seidenpapier, Schrift
anscheinend etwas jünger als des vorigen: beginnt mit 24
Blättern gemischten Inhalts, einem von September beginnenden Kalender, einer 'Syntaxis', einem ποίημα χρῖϲο-
δούλου μαῖϲρου τοῦ coφοῦ. Auf Bl. 25 V mit rother und
schwarzer Schrift abwechselnd ein stark interpolierter βίοϲ
mit Zusatz des ἐπίγραμμα εἰϲ αἰϲχ. ἀντιπάτρου (A. P. 7, 39).
Zu Prometheus fanden sich die Scholien besonders aus-
führlich; bei Prometheus und Sieben die Epigramme des
Tzetzes. Die Perser beginnen mit der Hypothesis auf Bl.
66 R und endigen unvollständig mit V. 791 H. Auch in
ihm wurden einige Blätter dieses Stückes übergangen.

(F) Laur. 31, 8, Quart, Papier, Schrift ähnlich der
des vaticanischen P; vielleicht nicht griechischen Lokal-
ursprungs, aber sehr werthvoll als Urkunde des vollständigen Agamemnon in einer Redaction, deren Analyse eine
der interessantesten Fragen für höhere wie diplomatische
Kritik bildet. Dafür wird auch die bisher verabsäumte
Vergleichung der drei voraufgehenden Stücke einen erheblichen Beitrag liefern: die Sieben habe ich, wie in den
frühern, selbst nicht erledigt. Prometheus beginnt, wie ich
glaube, den Band: S. 49 V die Perser, S. 71 V Z. 10 in

der Mitte eines Quaternio der Agamemnon, dem auf S. 107 V
die Eumeniden folgen. Einiges näherẹ wird beim ' Agamemnon zur Besprechung kommen.

Die Handschrift Marc. 222, Folio, Seidenpapier, Schrift
ohngefähr die der Urkunde des Concils zu Florenz 1438 in
der Rotunde der Laurentiana, enthaltend treue Abschrift
des Laurentianus 32, 9 für Orestie und Hiketides, und deshalb für Entzifferung einzelner in ihm undeutlich wordener
Stellen nicht ohne Nutzen und stets zur Hand genommen,
war doch nicht zur Collation geeignet.

In Rom wurden mir ein und zwanzig Codices des
Aeschylus verzeichnet und haben mir mit Ausnahme eines
nicht auffindbaren, Pal. 313, vorgelegen. Ich ordne sie
nach ihrem Werth; unbenutzt waren alle und einige mehr
wohl der Vergleichung werth.

(B) Vat. 1332, einst des Fulv. Ursinus: Quart, Baum-
wollenpapier, wie ich glaube, Schrift 'etwa des vierzehnten
Jahrhunderts, wie die ältern Florentiner'. Enthält auf
sieben Blättern und fünf Zeilen des achten Euripides Phönissen mit Scholien: von Bl. 9 bis 31 Sophokles Aias mit
Scholien, neun Blätter weiss eingeheftet: Bl. 32 bis 47
Electra, 49 bis 55, und auf 58, 61, 64, mit eingehefteten
leeren, Oedipus Tyr., von Bl. 51 mit neuerer Hand, die in
den Persern wiederkehrt. Die Blätter zwischen den Stücken
sind mit Epigrammen, zwei Seiten inmitten des Oedipus
mit verschiedenem, z. B. einem Leben des Euripides von
32 Zeilen, gefüllt. Mit Bl. 65 beginnt Aeschylus Prometheus; Scholien nur zu Anfang und zu Ende, Bl. 72 leer;
endet 88 R: am Schluss ein Epigramm von fünf Versen
αἰcχύλε τί — πάρεϲι cοι von der Hand des Textes; ein
zweites von der Hand der Scholien, roth überschrieben
ϲῖ εἰc τὸν προμηθέα αὐτοῦ τζετζου, in zwölf Versen ἀνθ'
ὧν — cε τὸν τάλαν. Bl. 89 folgt ὑπόθεϲιc der Sieben und
das Stück, Bl. 91 leer, mit reichen Scholien, am Schluss
110 V die sechs letzten Verse des Epigramms bei Dindorf
Schol. p. VII 'genau von der Hand der Scholien, die nur

wenig von der des Textes verschieden'. Folgen die Perser,
am Schluss, Bl. 124 R, das andere Epigramm bei Dindorf
und τῷ cυντελεϛῇ τῶν καλλῶν χάρις. Bl. 118 ist weiss eingeheftet, es fehlen 62 Verse: von Bl. 119, V. 448 an bis
Ende ist die Schrift geringer, von V. 532 an ganz schlecht,
wie bei Sophokles, besonders Bl. 51 bis 64, während die
Scholien sich von den frühern nicht unterscheiden; zugleich
haben 119 R bis 122 V zwei Columnen Text statt einer.
Es folgen Hesiods Erga bis 179 R, Theogonie mit Scholien
und die Aspis bis V. 112, abermals im Wechsel von älterer
und neuerer Schrift.

(P) Palat. 287, beschrieben bei Kirchhoff, Eur. p. VIII.
Die Linien sind mit dem Griffel gezogen, die Stellung der
Verse senkrecht, mit Spuren der Abschrift aus horizontaler
Folge; die Schrift sehr ähnlich der in F. Bl. 213 beginnt
Prometheus ohne Hypothesis, Bl. 220 die ἑπτὰ ἐπὶ Θήβαις
nicht mit der gewöhnlichen Hypothesis; Bl. 227 die Perser
mit der des Laur., an drei Stellen durch Zusätze erweitert.
Scholien und Glosseme bei Aeschylus nicht eben selten,
griechische mit lateinischen wechselnd, scheinen dictiert;
ihre Hand vielleicht dieselbe, die auf dem zweiten Blatt den
Inhalt des Bandes verzeichnete.

Vatic. 57, Quart, Papier gering, Schrift in den ältern
Partien nicht unähnlich den bessern Theilen des B. Zuerst
ein Fragment von Aeschylus Prometheus, dann das ganze
Stück Bl. 5 bis 12; die Sieben Bl. 13 V bis 18 V; die
Perser Bl. 18 R bis 24 R: drei Stücke von Aristophanes —
von 79, halbe Vorderseite, bis 87 R sehr neue Schrift —,
Sophokles Aias, Electra, Antigone: von 147 R bis 150 R
Tzetzes Prolegomena zu Hesiodus, 151 V bis 163 V Erga,
die ersten zwei Blätter mit Scholien. Von den Aeschylus-
stücken schien der Prometheus etwas älter als die Sieben,
doch ebenfalls ungleichmässig.

Reg. 92, Folio, Papier; Schrift im vordern Theil gross
und stattlich, auch im hintern, z. B. dem Prometheus,
namentlich dem Theokrit, nicht eben späten Charakters.

Bl. 2 bis 42 R Pindar, 45 bis 50 die Batrachomyomachie, blos die ersten drei Blätter älter, 51 bis 82 R zwei Bücher Ilias mit Scholien, am Rand oft Porphyrius citiert. Von 83 bis 106 R Hesiod's Erga mit Scholien, ausser 86 bis 93. Bl. 107 kirchliches, 108 bis 122 βίος αἰσχύλου und Prometheus mit Scholien; bis 138 V Sieben mit Scholien, dann Perser — V. 6 nicht nach Triklinios Verbesserung — mit zwei Epigrammen, das erste, 7 politische Verse, ein Personenverzeichniss, προςωπάρια τοῦ δράματος νῦν νόει — χάριν μεγίςην: das andre das bekannte ὁ γῆν — Ξέρξης. Zuletzt einiges von Theokrit, mit unleserlicher Unterschrift: ὁ δοῦλος τοῦ κραταιοῦ καὶ ἁγίου ἡμῶν αυ^{θτ} καὶ (von hier andre Tinte:) βασιλέως ἀντώνιος ὁ κοςμᾶς (dies Wort durchstrichen, Punkte darüber) .. ταμουνταν ἔγρ^α.

Vatic. 912, Quart, Papier, wohl durchaus sechzehnten Jahrhunderts, aber durch mönchische Unterschriften der ersten beiden Stücke, bei Prometheus ausser der des Textschreibers noch zweier völlig gleichbedeutender des Scholienschreibers, wie es scheint, als Abschrift eines ältern und für Revision nach noch andern beglaubjgt, wie schon oben bei B der Fall schien. Nach dem βίος αἰσχύλου, Bl. 3 bis 44 R, Prometheus mit Scholien; nach zwei Blättern Hypothesis, Bl. 46 V bis 81 R der Text der Sieben; Scholien nur auf dem ersten Blatt: von Bl. 82 V bis Ende 122 R die Perser; Scholien nur bis 95 R.

Vatic. 58, Kleinquart, Papier, 15 oder 16 Jahrh.; Prometheus und Sieben von derselben Hand, Perser von anderer, zuletzt das Epigramm ὁ γῆν —; Scholien wohl zu allen Stücken.

Vatic. 920, Papier und Schrift von geringem Alter. Inhalt des vordern Theils habe ich nicht bemerkt. Von Bl. 222 bis 230 R der Theil des Prometheus von V. 697 bis Ende, die letzten Blätter 'von scheinbar älterer Hand': von Bl. 233 bis 246 R der frühere Theil bis V. 696. Bl. 247 V bis 267 V die Sieben 'von derselben Hand'; Bl. 268 V bis 289 die Perser: darauf Pindar.

Ottob. 210 'ex codicibus Jo. Angeli ducis ab Altaemps'
enthält zuerst Hesiod's Erga mit sechs Blättern Einleitung
und zwischen den Text eingeschaltetem Commentar des
Tzetzes: auf Bl. 64 eine ausführliche Schlussinscription mit
der Jahrzahl $\overline{\mu}\,\overline{\omega}\,o'\,\beta$: es ist wohl 1364 gemeint, wozu der
Schriftcharakter gar wohl stimmen mag. Die Handschrift
pflegt unter den 27 vaticanischen des Hesiod nicht aufge-
führt zu werden. Bl. 66 bis 100 V folgt auf neuerem Papier mit Schrift des 15. Jahrh., neun Blätter von noch
jüngerer ergänzt, Prometheus mit wenig Glossemen; von
100 R bis 130 R die Sieben, nur drei Blätter von der
ältern Hand: darauf Pindar und Aristophanes Plutus.

Ottob. 346, 15 Jahrh., enthält nach Aristophanes und
Euripides, wie ich glaube, von Bl. 145 an Prometheus;
von 173 R die Sieben, am Schluss die drei ersten Verse
des Epigramms bei Dindorf p. VII; von 200 bis 223 die
Perser bis V. 1000; zuletzt λόγος ἐπιτάφιος εἰς τὸν μέγαν
βασίλειον.

Ich kürze den Bericht über die übrigen elf völlig ab;
sie sind sämtlich sehr jungen Alters. Der äschyleische
Inhalt ist richtig angegeben bei Franz S. 303 für Vat. 59;
Vat. 1360, einst des Fulv. Ursinus, Bl. 1 bis 79 R; Reg.
155, einst P. Bourdelot's, Bl. 1 bis 61; Ottob. 307, Bl. 108
bis Ende; Vat. 1464, 1476. Es fehlt Ottob. 1459, einst
ὡρατίου μαλαγουτζίου, enthaltend βίος, Prometheus und
Sieben; Ottob. 185 'e codicibus J. A. ducis ab Altaemps
ex graeco msto', enthält Prometheus, von Bl. 8 bis 36 in
etwas besserer Schrift, Bl. 39 bis 75 die Sieben; Pal. 151,
enthält nach je zwei Stücken von Sophokles und Euripides
und Hesiod's Erga von etwas älterer, von später Hand des
16 Jahrh. Bl. 290 bis 304 die Perser. Unrichtig ist Pal.
319 charakterisiert: er enthält in Schrift des 15 Jahrh. auf
Bl. 121 bis 130 Prometheus von V. 285 bis Ende, auf Bl.
131 bis 144 R die Sieben bis V. 606; das Stück ist in der
vorgesetzten Inhaltsangabe vergessen: ebenso Pal. 344, der
bis Bl. 18 R den Prometheus, bis Bl. 35 die Sieben und

nichts weiter enthält. Drei andere von Franz noch aufge-
führte Handschriften sind mir nicht bekannt worden.

Man erkennt an diesen Notizen, dass der Plan einer
exacten Statistik der äschyleischen Ueberlieferung nicht zu
Grunde lag. Es liesse sich an eine solche, nach den Län-
dern geordnet, denken; sie wäre unerlässlich, wenn irgendwo
noch soviel völlig bisher unbeachtetes sich finden sollte,
wie in Italien: meine Ausbeute würde als Beitrag dazu
gelten können, sofern, was überhaupt benutzt worden, immerhin mit einiger Bemühung um alles charakteristische, nie
mit den üblichen Vorbehalten in Betracht kam. Aber mein
Zweck war die Verfolgung der oben angedeuteten Fragen:
Handschriften systematischer Interpolation wurden nur in
besondern Fällen durchforscht, und Triklinius völlig übergangen. Er wird freilich, vollständig verglichen, über eine
Classe der Urkunden wichtige Aufschlüsse geben: erwünsch-
ter wäre mir aber noch jetzt zur Feststellung des Urtheils
über die andre eine nähere Kenntniss des Pariser 2884
(Colb. 6443) mit der Unterschrift des Athanasios von 1298,
als von Brunck zu entnehmen.

Die Veröffentlichung meines Apparats soll jetzt auf
diesen Blättern erfolgen, mit Ausschluss der Abschrift des
Laurentianus, die zu genauem Abdruck Seite für Seite, in
Stellung der Zeilen, Abständen der Buchstaben, kurz allem,
was typographisch sich darstellen lässt, eingerichtet und für
solche Wiedergabe von einer unvergleichlichen wissenschaft-
lichen Anstalt in Aussicht genommen, längst erschienen sein
würde, wenn die Benutzung derselben bei den nachfolgenden
Zusammenstellungen die Absendung über See erlaubt hätte.

Bei den diplomatischen Schwierigkeiten, welche die
Handschrift bietet, ist keinerlei mechanische Reproduction
im Stande, den Gesichtspunkten der Kritik zu genügen.
Unleserliche Schrift, Rasuren, Zusätze zweiter Hand, alles,
wobei Auge und Urtheil zugleich in Anspruch genommen
ist, erfordert umständlichen Bericht, wie er demnächst hier
in Verbindung mit der Uebersicht des aus der Urkunde

überhaupt neugewonnenen erfolgen soll. Es wird dabei den
Seiten des Laurentianus zu folgen sein, wie sie bei der
Durchmusterung in Text und Scholien, wesentlichem und
zufälligem sich einheitlich darstellten, und damit sich am
füglichsten der Befund der neuern Handschriften in Verbindung setzen lassen. Die Berührung der beiderseitigen Ergebnisse ist das, worauf es ankommt: nur wünschte ich
nicht bei der Zusammenordnung des Materials die Verschiedenheit der Behandlung desselben verkannt zu sehen. Die
Arbeit im Laurentianus war die angestrengte und ausdau-
ernde fast eines vollen Jahres: die übrigen Collationen,
ziemlich eilig, wenn auch in mikrologischer Gewöhnung
ausgeführt, enthalten so manche Unsicherheiten, die ich
stets bekannt, und sind nicht im vollen Detail der Interpunktion und andrer Anagnostika aufgenommen. Ich gebe
von diesen Dingen nur soviel wieder, als für die Observanz
jeder Handschrift zur Bestimmung ihres Alters und gram-
matischen Standpunkts charakteristisch und zur Entscheidung der Frage nach Abstammung oder Unabhängigkeit
vom Laurentianus förderlich schien.

An jede solche Besprechung einer Seite des Laurentianus wird sich eine Uebersicht der über die diplomatische
Textbehandlung hinausliegenden Probleme anschliessen;
dann und wann mit einer Vermuthung, welche die Schran-
ken, die der Aeschyluskritik hinfort für's erste nicht ge-
räumiger als bei irgend einem andern Autor gezogen sein
dürften, vor allem wird einzuhalten haben.

Die Folge der Stücke im Laurentianus ist nicht die,
welche zu wünschen wäre, um das Verfahren, welches jetzt
zunächst für die Perser zur Anwendung kommen wird, mit
seinem vollen Ergebniss vorzuführen: indess dürfte auch
die auf diesen fünfundzwanzig Seiten sich wiederholende
Prüfung desselben ihm einiges Interesse erwecken und die
Darlegung der für die nächstfolgenden Stücke völlig verschiedenen kritischen Grundlagen ihren Zweck nicht minder
erfüllen.

Perser.

Erste Seite des Laurentianus.

(V. 1—32 Herm.)

Die Schrift ist, wie im ganzen Quaternio, schön und deutlich, von zwei verschiedenen Händen, wie mir schien; der Raum durchaus umsichtig benutzt. Der erste Schreiber trug etwan die 31 Verse des Textes auf ebenso vielen (16 bis 46) der im ganzen Quaternio mit dem Griffel eingeritzten 47 Linien ein, deren Weise in den übrigen Quaternionen etwas abweicht. Der zweite Schreiber benutzte den von oben freigelassnen Raum, um auf die zwölf ersten Linien in der ganzen Breite der Seite die ὑπόθεϲιϲ περϲῶν αἰϲχύλου, dann auf Linie 14, mit Leerlassen von 13 und 15, die Ueberschrift αἰϲχύλου πέρϲαι: zu setzen. Die Hypothesis ist im Wortlaut richtig publiciert, ausser dass Z. 2 in τοῖϲ περὶ nicht das gewöhnliche Compendium für οιϲ, sondern ein mir unbekanntes, und von dem ωι unter der folgenden Rasur keine Andeutung sich findet. Z. 3 steht ἐκτίθηϲι καὶ τὴν und Z. 8 πεζῆι μέν ἐϲι (dies durchstrichen) ἐν πλατ. Das Personenverzeichniss fehlt gänzlich. Auf dem rechten Rand, unmittelbar unter der Hypothesis, stehn wohlgeordnet, senkrecht unter einander, jeder Anfang etwas nach links ausgerückt, die Scholien; zunächst die mit Lemma aus dem Text versehenen, mit grössern Initialen beginnend: das bei Dindorf S. 71 Z. 5 gegenüber der Ueberschrift — Z. 7 πίϲα ἔφη· —: das Z. 13 zwischen Vers 3 und 4: darunter, wie ich glaube, das folgende: das Z. 15 neben V. 6 bis 12 — anders interpungiert —: das Z. 22 bei

V. 13: das Z. 25 gegenüber V. 15: das Z. 26 zwischen
V. 16 und 17: das S. 72 Z. 1, ohne Doppelpunkt des
Lemmas, gegenüber seinem Vers: darunter das Z. 5. Zwi-
schen diesen in derselben Reihe steht ohne Lemma und
Initialen nur das S. 71 Z. 30, gegenüber seinem Vers, zu
seinem Textwort durch eine Sigle bezogen. In dem Raum
zwischen Text und diesen Scholien stehn, hart neben V. 2
das S. 71, 10; neben ihren Versen, mit Siglen auf Wörter
bezogen, das Z. 21, S. 72, 4 und Z. 7, letzteres bis zum
Rand reichend — ἐν (dies unleserlich) αλλως, nicht ἄλλοις —.
Glosseme einzelner Wörter über dem Text selbst sind die
Z. 4, 24, 29, 31, S. 72, 3. Am linken schmalen Rand finden
sich neben ihren Versen blos die Z. 3, 11, 12, 28, und bei
V. 21, Z. 36 der Handschrift, ein etwas unleserliches, bei
Dindorf übergangenes, ... μὲν τῶν ὀνομά ‖ των ἰςόρης'.
τὰ ‖ δὲ τελείως ‖ ἔπλαςεν.

Diese ganze Anordnung scheint auf Copie von einem
übersichtlich vorliegenden Original zu deuten: die Inhalts-
angaben in den übrigen Quaternionen füllen nie den gelass-
nen Raum mit solcher Präcision. Jedenfalls beweist die
vollständige Uebereinstimmung zwischen Text und Scholien,
dass beides von je zusammengehört hat, was von S. 17 an
nicht der Fall. Das in zwei Scholien empfohlene Πίςτα
steht bereits ausschliesslich, nicht etwan mit zwei Accenten,
im Text. Der sechste Vers δαρειογενὴς· δαρείου υἱός. stammt
aus einem Exemplar, welches kurze Glosseme und Scholien,
wie z. B. auch S. 8, 7, unmittelbar neben der Textschrift
enthielt. Dies Exemplar war älter als die spätern Quaternionen, in denen aus ihm dasselbe Versehn mehrfach wiederkehrt. In dem Exemplar, aus welchem hier die Scholien
eingetragen sind, war genau so geschrieben, wie hier, nicht
richtiger, wie man aus dem Scholiendruck bei Dindorf vermuthen sollte. Es ist dort der ganze Vers als Lemma vor-
gesetzt: Δαρειογενὴς δαρείου υἱος: καὶ μὴν u. s. w. Ebenso
stimmt die Lesart des V. 16 ἐκβατάνων mit dem Lemma
des Scholions überein. Sie ist das erste Beispiel von dem,

was ich Interpolation der zweiten Hand im Laurentianus nenne. Im verlorenen ersten Quaternio der ersten Hand wird überall die ungewöhnlichere Form ἀγβάτανα gestanden haben, wie sie im zweiten S. 22, 42 (V. 935 Herm.) noch sich findet, wo die aus der zweiten Hand sich herleitenden Handschriften mit einziger Ausnahme der zweiten Mailänder wie hier schreiben. Auffallender Weise ist die andere Form auch im ersten Quaternio S. 13, 18 (V. 530) vollständig, keineswegs ἐγβατ., erhalten und nur in allen neuern Handschriften, ausser einer vielleicht, geändert.

Auf dieser Seite also ist kein Grund zu der Annahme, der Schreiber des Textes habe ein anderes Original vor sich gehabt, als der der Scholien. Nur durch Schreibfehler ist ersterer einigemal leicht abgewichen, wo der zweite berichtigt hat, wie die Farbe der Tinte erkennen lässt. Z. 36 (V. 22) hatte der Textschreiber ἀρ ταφ ἑρνης gegeben: der Scholienschreiber, als er das Glossem darübersetzte, bemerkte die Differenz, fand Raum das ρ an früherer Stelle einzuschieben und radierte das andere. Ebenso verbesserte er Z. 35 die frühere Schreibung cτίφοc, Z. 38 πέρcων mit Durchstreichung dieses Accents, setzte die Diastolen Z. 28 und 31, und verdeutlichte auffällig das α in ταγοὶ Z. 38, wo indess die Tinte keinen Unterschied zeigt. Ueber das Hyphen Z. 27 weiss ich nichts sicheres zu sagen.

Die übrigen Schreibfehler und vierzehn vergessne Accente des Textes, wie sie der Abdruck zeigen wird, blieben unbeachtet. Unbedeutende Rasuren, die der Abdruck nicht andeutet, finden sich Z. 23 zwischen τῶι und βα; Z. 35, kaum erkennbar, zwischen ἐχο und ν τεc; Z. 37 über μεταβάτηc, wo μετάβάτηc gestanden hat.

Letztere Lesart, die Entscheidung über Hermann's Zweifel Z. 30 (V. 15), und allenfalls über ἐντλήμονι Z. 43 ist auf dieser Seite der ganze Zuwachs zu der Collation bei Hermann, der der Erwähnung werth wäre: das übrige giebt der Abdruck.

Die zehn neuern zu dem Stück verglichenen Hand-

schriften zeigen zunächst einige Differenzen in der Abtheilung der Verszeilen dieser Seite: es liegt indess nichts weiter
als Schreiberwillkühr und metrische Unkenntniss zu Grunde,
der Anlass ist klar, und die Sache kaum der Beachtung
werth. Die drei Monometer, welche im Laurentianus in den
Zeilen 26, 38, 45 allein stehen, sind in den sieben ältern
Handschriften, der erste in allen zur Hälfte dem vorhergehenden und folgenden Vers zugetheilt, nur dass das in X
so nachgetragene ἔcωθεν in BY ganz fehlt; der zweite in
allen ausser Z, der ihn theilt, dem vorigen; der dritte in
ABC zum vorigen, in D dem folgenden verbunden, zu
welchem Vers B noch das φαρανδάκηc der nächsten Seite
zieht. Von den drei neusten Handschriften folgen im ersten
Fall FP dem Laurentianus, V zieht die zwei Worte zum
nächsten Vers: das ταγοὶ περcῶν setzt F zum vorigen Vers,
aber abgesondert, wie dergleichen im Laurentianus häufig,
mit dem Glossem μονόμετρ·; PV stellen einen Dimeter durch
Hinzunehmen der Hälfte des folgenden Verses her, und
lassen dort ὕποχοι μεγάλου als Monometer stehn: im dritten
Fall folgen PV dem obigen D; F in zwei Versen völlig B,
nur mit augenfälliger Absonderung des Monometer. Diese
selben drei neuern Handschriften haben im sechsten Vers
blos δαρειογενήc als Monometer, wie ihn bekanntlich Triklinios (Dindorf, Ueber die med. Handschr. Zweiter Artikel,
S. 13) herstellte. Sie sind überhaupt durchaus nach den
Principien redigiert, welche in den metrischen Scholien am
Schluss des Dindorf'schen Bandes, die ich zum grössten
Theil in FV vorfand, niedergelegt sind, und folgen mit
Verständniss alten Handschriften, wo, wie im Laurentianus,
der Monometer stets gesondert, aber oft in einer Zeile vor
oder nach dem Dimeter auftritt. Die sieben ältern Handschriften, wenn ich mich recht erinnere, beobachten dies
nicht; ich habe hier wenigstens nichts der Art bemerkt:
sie lassen den Monometer am Ende der Zeilen, wo sie ihn
fanden, oder nehmen, wenn sie zu lang ausfällt, mit der
Unbefangenheit, die wir auf S. 3 und 4 finden werden, ein

Wort in den nächsten Vers. Wo derselbe am obern Vers
haftet, wird meist ein älteres Original aus der Zeit stren-
gerer Observanz anzunehmen sein. Das Bedürfniss des
Abbrechens trat ein, wenn man in mehrern Columnen
schrieb, wie A deren zwei, im Agamemnon drei, mit horizontaler Versfolge, und, wie wir auf nächster Seite Z. 25
sehen werden, aus einem Original mit senkrechter Folge, hat.
Diese Schreibweise stellte dann ein Abschreiber auch wieder
ab, wie der von D nach vier Doppelversen des Anfangs
mit V. 9 zur senkrechten Columne dauernd übergeht; die
Abtheilungen des Originals aber blieben.

Die einzelnen Lesarten geben den Grundtext des Laur.,
wenigstens in den ältern Handschriften. V. 2 πίϛα ABXYZV
πίϛά, alles von erster Hand, P πιϛὰ (CD, wenn ich genau
zu Meineke verglichen) F. 3 ἀφνειῶν YZVP. 6 ρειοϒ
mit Hyphen Y γενὴς, υἱὸς δαρείου, Z υἱός, A ὸς, BX.
7 εὐειν: B. 9 τιὰς F τείας P ἤδη, AVP. 12 Hyphen
unter cια, genau wie Laur., Y. 13 ὥχωκε A von später
Hand aus οἴχ; Y, wenn genau verglichen. 14 κὸυτιϲ ἅ Y
λος κὸυτε V πεὺς, B πεύς, V. 15 ohne Punkt X. 16 τὸ,
ϲ ABCY ϲων. F ἠὸ’ ἐκβ alle νων. A. 17 κίϲϲιον blos P,
wenn genau verglichen κος, V. 18 ντεϲ, ABCF μὲν, AF
μὲν BY πων. BV. 19 ἐπι Y ναῦν. ZFVP, wie der Laur.
nächster Seite ῦν· πεζῆ τε Y δην, A δην: B. 20 πολέμου
(ω übergeschr. von erster Hand) ϛίφος παραρέχοντεϲ Y τεϲ.
AFVP τεϲ: BX. 21 οἴον P ἀμνίϛρης ABXY. 22 μεταβ
alle ausser VP, die μεγ, wie der Laur. S. 23, 19 ἀϛάπης A
nach Hermann; ZF. 23 ϲῶν: B. 24 βαϲιλῆϲ AF λεῖϲ
BXY λῆϲ die übrigen, notiert λου, BFV. 25 ροι· AX.
26 τεϲ ohne τ’ BXYZ .ἠὸ’ X ται: B. 27 χην, XF.
28 ἐν τλ CYV ξη: B. 29 ἱππιοχάρμας D. 31 ὅ, τε
ABFV ἴμ F.

Dass sich die Fehler der ersten Hand des Laur., ϛίφος
in allen ausser X, ἀρταφέρνης in BXZ, in X von derselben
Hand verbessert, wieder erneuert haben, ist kein Beweis
für zwei Originale des Laurentianus. Absichtliche Aende-

rungen dagegen sind V. 9 πολυχρύcου, auch in F, 10 ὁρcο-
πολεῖται in neun, ὁρc in F erster Hand, 22 μεγαβάζηc in
ZF, wie Triclinius bei Hermann, 28 εὐτλήμονι DF.

Neuere Prosodie: während BX (ausser 11 μόc.) YFP
und CD, so weit notiert, die Endsylben, wie der Laur.,
barytonieren, setzen AV (ausser 14) stets den Acut: δέ ist
incliniert blos 19 in XZVP, zweimal in ABY, nirgend in
8 und nie in F, auch wohl CD: V. 14 wie Laur., οὔτέ τιc,
keiner; οὔτε τίc AD und das erstemal X; οὔτε τιc V; οὔτέ
τιc beidemal die sechs übrigen und einmal X; V. 26 τιc
AF: Krasis überall die gewöhnliche. Entschieden keine
Jota subscr. in BXYFV, auch wohl ACD: zum Theil
nebengeschrieben in P.

Schwierigkeiten enthält die Seite nicht eigentlich, ausser der allerdings erheblichen V. 13, für welche auch Hermann energische Mittel in Bewegung setzt. Seine Emendation ist minder ansprechend als die meisten sonst, seine
Diagnose aber meisterhaft, wie immer, und nicht genug be-
achtet, wie oft. Die ältere Erklärung ist im echtesten by-
zantiner Stil, wo man, gestützt auf irgend eine vermeintliche
Parallelstelle, — hier etwa V. 581, 902 — Gemeinplätze am
unrechten Ort schafft. Jedermann erkennt, dass in der
schlichten Darlegung des Chors, warum er übles ahne, die
Sehnsucht nach der jungen Mannschaft völlig überflüssig
steht: es handelt sich um etwas ganz anderes, als Beseitigung des jetzigen heimischen Zustandes. Man fühlt zugleich,
dass die Motivierung 'denn das ganze Heer ist fern und
keine Nachricht kommt' noch einer Ergänzung bedarf:
äusserste Spannung der Erwartung ist immer noch fern von
den Unheilsahnungen, die der Chor auch V. 115, 147 kund
giebt. Dies ist es, was Hermann meinte S. 168 Z. 15 're-
peteretur quod modo dictum est, interpellaretur explicatio
causae, cur mala praesagiat animus'. Es trifft dies auch
Meineke's bekannte Emendation, und ausserdem, dass βαῦ-
ζειν, wie Hermann rügte, nicht für ἀνακαλεῖcθαι oder dergleichen gelten kann. Von den Zeugnissen über das Wort

ist sogar keines, welches ihm nicht eine unliebsame Neben-
bedeutung in Sinn oder Auffassung beilegte; selbst Hesychius' ἀσαφῶς λέγειν und das δυσβάυκτος V. 573, das cîγá
τιc βαῦζει Agam. 429 hat sie. Weiter also, als in diesen
Fällen darf man mit Sicherheit nicht darin gehn. Eine
Emendation, so nahe liegend, dass nur ein einziger Buchstabe geändert werden würde, bedarf noch einer Bestätigung.
Das νέον würde dabei die Bedeutung haben von νέον τι,
wie Suppl. 986, die einzige, welche hier statthaft sein dürfte.
Einstweilen versuche ich eine scheinbar etwas gewagte Conjectur zu vertheidigen:

νέον δ᾽ ἆ϶ρα βαῦζει.

Die Wörter ἀνδρῶν und ἆϭρων sind in mehrern Handschriften des Et. Magn. p. 753, 23 in dem dort citierten
Aeschylusvers vertauscht: der Ven. hat ιδρων; die Handschrift Laur. Marc. 304, saec. XII, habe ich zu der Stelle
nicht benutzt. Auch in einem andern Tragikerfragment, in
einem der Welcker'schen Bände, ist mir die Corruptel als
Variante oder Druckfehler vorgekommen. Also 'von etwas
neuem raunen die Sterne': freilich eine Beziehung auf
Astrologie, wie sie Lobeck (Agl. p. 426) in so früher Zeit
nicht anerkennen will; aber in ihrer Oberflächlichkeit gewiss unbedenklich. Mögen die bei Lobeck berührten Fälle
von Mittheilungen durch Magier an Griechen, wie auch der
bei Diog. Laert. 9, 7 p. 235, fraglich sein: dass Aeschylus
in der dort angenommenen Weise einige Auskunft erhalten,
ist sehr glaublich. Dort, wie auch Diog. Laert. prooem. p.
2, werden Chaldäer und Mager meist in unklarer Verbindung genannt. Aeschylus meint hier vielleicht chaldäische
Weisheit; die den Magern zugeschriebene Mantik jedoch
scheint er den Chorgreisen selbst zuzueignen: denn die
Aeusserung des Chors V. 140, 141 denke ich mit gegen-
wärtigem Vers in Verbindung, im Sinn des ἀσκεῖν μαντικὴν
καὶ πρόρρησιν, wie Diogenes sagt. In den Worten κεδνὴν
καὶ βαθύβουλον liegt eine Beziehung auf das Wesen der
höhern griechischen Mantik, ebenfalls an heiligen Stätten,

wie hier das Grab des Darius sie fördern soll. Es wird keine blosse Berathung über die Mittel, von Xerxes Kunde zu erlangen, und zwar im Königspalast, gemeint sein, wie man neuerdings annimmt. Die Bezeichnung ϲέγοϲ ist für das Grab nicht auffällig: Aeschylus vermeidet locale Andeutungen, aber als δίϲεγοϲ πύργοϲ καὶ μέγαϲ ist es bei Strabo p. 730 bezeichnet; und nimmt man an, dass Darius es sich bei Lebzeiten bestellt, wie dort in den Worten ἐν δὲ τῇ Περϲῶν διαδοχῇ ἱδρῦϲθαι sogar auch bezeugt scheint, so ist selbst das ἀρχαῖον nicht befremdend; der Chor sagt auch V. 697, 855 so von Darius und seiner Zeit.

Zweite Seite.

(V. 32 — 78 H.)

Die Schrift erster und zweiter Hand ist dieselbe wie auf voriger Seite, nur die Tinte der ersteren noch schwärzer als dort, und so der Unterschied beider meist augenfällig. So in dem rechts neben Zeile 7 von Scholienhand in Minuskelschrift eingetragenen Vers 40, der bei Hermann nicht erwähnt ist, und in den nicht zahlreichen, im Abdruck meist nothgedrungen übergangenen Nachbesserungen des Textes; obgleich einigemal die Hand zweifelhaft. Von erster ist wohl Z. 5 der Accent auf μέμφ: über ιὸ ist ein Acut radiert und δοϲ durch Rasur aus δαϲ hergestellt. Entschieden erster Hand ist der Punkt über ν in ϲεῦνται Z. 17. Auch Z. 33 ist das in πεπρακε eingedrängte έ wohl erster Hand, da kein anderer Accent vorhanden: der Charakter der Textschrift ist von Z. 32 an überhaupt kritzelhafter Art. Ungewiss, von welcher Hand, ist Z. 10 der Accent in

ἐπὶ durchkreuzt: auf παν ist Rasur des Circumflex. Blosse
Rasur findet sich, Z. 1 eines Accents auf dem zweiten α von
φαρανὸ, Z. 4 eines Acuts über dem ersten und etwa eines
Spiritus über dem zweiten α in πηγας‾άγων: also Spur der
bisher nur aus Hermann's Handschriften bekannten Lesart:
das ς 'scheint verlängert von zweiter Hand'. Z. 36 ist
cχεδίαι durch Rasur aus cχεδίαν hergestellt. Entschieden
von zweiter Tinte ist Z. 35 ein über das c in χώρας ge-
schriebenes Minuskel ν, der Strich Z. 38 über ἕλλᾱc, die
beiden Diastolä Z. 11 und 34, mindestens die erste, und
der grösste Theil der Interpunktion: minder gewiss die
auffällige Verschärfung der sonst durchaus gerundeten Spiritus zu eckigen V. 9, wie dergleichen auch auf S. 1 be-
merkbar. Prosodie über einzelnen Wörtern fehlt, wie der
Abdruck zeigt, Z. 8, 10, 22, 33, 42: dagegen nicht 26 in
ὑπὸ πομπαῖς; der Gravis steht unter dem ο des Glossems
προτρ. Z. 10 (V. 43) steht nicht οἴτ', sondern οἵ τ'. Die
Jota adscr. sind nicht durchaus, wie auf der ersten
Seite, kleiner gestaltet, was der Abdruck überhaupt nicht
giebt.

Die innere Uebereinstimmung zwischen Text und Scholien ist dieselbe, wie vorhin. Z. 7 in dem ἐλειοβάται des Abdrucks war mir zweifelhaft, ob ein Lenis beabsichtigt war, oder
eine Verbindung beider, im ersten Quaternio oft auch von
erster Hand eckigen, Spiritus. Der Scholiast schreibt das
Wort zweimal mit Lenis, wie es auch S. 12, 21 steht: in
den zwei folgenden Fällen lässt er wohl geflissentlich den
Spiritus fort. Deutlicher steht Z. 9 ἀβροδιαίτων und ebenso
in den Scholien mit zwei Accenten, beidemal je von derselben Hand. Der Punkt Z. 17 über ςεῦτται scheint anzudeuten, dass die Sache controvers war; zum Zeichen der
entschiedenen Tilgung steht er wohl auch darunter. Das
ν über χώρας Z. 35 ist nichts als Verbesserung des Schreib-
fehlers auf Anlass des Scholions, wie derselbe Schreiber
S. 3, 4 über das fehlerhafte τοζοδάμ ohne Rasur ein .Ε. setzt.
Auch Z. 39 ὄδιςμα, nicht ἔρειςμα, las der Originalcodex, wie

sich aus dem Scholion ergiebt; die Variante war in ihm blos notiert.

Auch das folgende giebt kein ,Argument ab für Verschiedenheit des Originals von Text und Scholien. Man erkennt, dass die Zeilen 2, 9, 33 dieser Seite, augenfällig im Grunde blos Z. 9, aus der Reihe nach links vorgerückt sind. Es findet sich ausserdem bei allen am linken Rand die feine Rasur eines Querstrichs, wie sie sonst an solcher Stelle den Wechsel der Personen andeuten. Hier indess gelten sie dem Anfang zweier anapästischer Systeme der Parodos und der ersten Strophe des folgenden Chorlieds. In derselben Geltung finden sie sich in den spätern Quaternionen, wo bei Verbindung zweier Kola in einer Zeile der Anfang einer Strophe in die innere, mittlere Stelle trifft, z. B. S. 153 R, Prom. 13, Z. 30 (V. 536) καὶ μήποτ᾽ ἐκτακείη᾽. — ἡδύτιθαρσαλέαιc. Ebenso S. 73 R Z. 36 Sept. V. 875 πότμωι — διήκει δὲ καὶ und öfter auf den nächsten Seiten, S. 75 V Z. 12 (V. 1052) πείθοιτο — ὁράτω πόλιc, Süppl. S. 180 V Z. 1 und 8 (V. 102 und 112). So mögen sie aus älterer Quelle in das Original unsres ersten Quaternio übergegangen sein, ungewiss, ob in derselben Schreibweise, die der Copist des Textes erst nach Anweisung verändert hätte, oder schon in derselben, die er befolgt, indem er vereinzelte Anfänge der Strophen, wie z. B. auch auf folgender Seite die Verse 94, 108, 113, um eines oder eines halben Buchstabens Breite ausrückt. Dass der Schreiber der Scholien die Striche getilgt, weil er sie in seinem Original nicht vorgefunden, ist in keiner Weise glaublich: vielmehr hat er den bei Z. 9, als er das Scholion Z. 13 ff. Dind. eintrug, anerkannt, indem er ihm ausweicht, so dass am Ende der fünften Scholionzeile in der Handschrift eine Lücke von der Breite der Buchstaben λáυνειν der vierten und cτáτων der sechsten erscheint. Das Pergament ist so völlig über der Rasur geglättet, dass die Stelle nicht zu scheuen war, wenn der Strich schon getilgt gewesen wäre: es ist dies mithin erst später, etwan von der sonst nachweis-

baren, neuere Handschriften benutzenden Hand in Folge
Vergleichung solcher geschehen.

Die Kola des ersten Chorgesanges sind ohne weitere
Spur von Strophentheilung auf dieser Seite in vollkommen-
ster Entsprechung.

Von den Scholien stehn am linken Rand, bis zum
Doppelfalz, der den Text abtrennt, reichend, folgende: das
S. 72 Z. 10 beginnende, ohne Lemma, neben V. 35, Z. 3
des Textes, geschriebne so: διαιροῦσι σουσισ. κανης (ohne
Accente) καὶ πηγάσ· καὶ τάγών, im letzten Wort der erste
Accent unvollkommen radiert: das Z. 13, mit Lemma, zwi-
schen V. 5 und 6 des Textes beginnend, endet bei V. 10:
das Z. 16 beginnt mit ἁβροδιάιτῶν δ᾽ ἐπ ὄντωσ γὰρ zwischen
V. 10 und 11, endet zwischen V. 18 und 19; links bei der
siebenten Zeile, durch eine Sigle zu τὴν τρυφὴν bezogen,
die Worte bei Dindorf: das S. 73 Z. 2 mit Lemma zwischen
V. 40 und 41: das Z. 4 zwischen V. 23 und 24, ohne
Lemma, durch Sigle auf τὸ μαχ. bezogen: das Z. 6 mit
Lemma bei V. 27 — παρὰ τὰς ἡμέρας —: das Z. 10 mit
Originallemma πεπέρακεν: κωμ zwischen V. 28 und 29;
darunter bei V. 31 das in Dindorfs Note 10 erwähnte, mit
Lemma, von derselben Hand durchstrichen. Das Scholion,
in welches es mit dem Wort ϲράτευμα (Z. 21) übergeht,
stand etwan im Original auf derselben Seite, wie die bisherigen, so dass der Schreiber darauf abirren konnte; später
übertrug er es wegen bequemeren Raumes auf die rechte
Seite. Das Z. ·13, ohne Lemma, steht links bei V. 36: das
Z. 15, ohne Lemma, zwischen V. 39 und 40 beginnend,
reicht bis zwischen die beiden letzten Verse der Seite. Auf
der rechten Seite des Textes, ohne Beachtung der Linierung,
stehn nur Scholien ohne Lemma: zu Ende von V. 2 das S.
72, 9; ebenso neben V. 7 das Z. 12; etwa fünf Buchstaben-
breiten von V. 10 das Z. 22 mit Sigle zu ἐπίπαν; drei
Buchstaben von V. 12 mit Sigle das Z. 23; fünf Buchstaben
von V. 15, in drei Zeilen, bis zwischen V. 16, 17 das Z. 25;

halb so fern von V. 17 das Z. 27 in vier Zeilen — θύγα-
τερ ‖ ἀι θύεται ἄνδρ᾽ ἐν διθυ ‖ ῥάμβοις οὔ 7 . . . ἀντι ‖ πλη-
θυντι᷎ —; wenig ferner von V. 23 das S. 73, 3; etwas ferner von V. 31 mit (dreimal wiederkehrender) Sigle das Z. 8;
neben V. 39 mit Sigle die Variante Z. 14; neben dem ποιμα
des V. 42 das Z. 21 mit Sigle, in vier Zeilen — cημάιν᷎. ohne
Spur einer zweiten Hand — bis zwischen V. 44 und 45
reichend. Nicht bemerkt habe ich die Stelle des Z. 12 und
des durch Sigle zu ζυγὸν bezogenen Z. 18. Glosseme über
den bei Dindorf beigefügten Textworten die Z. 24, S. 73,
1, 5, 9, 19, 20.

Die zehn neuern Handschriften, mit dem Laurentianus
verglichen, zeigen zunächst in den Anapästen der Seite, Z
in den ersten Zeilen ausgenommen, nur bei den drei Monometern V. 1 der Handschrift und 58, 61 H andre Abtheilung. Den ersten verbinden mit dem nächsten Dimeter,
wie der Laur., aber ohne Zwischenraum, ACDZVP, während ihn XYBF dem letzten der vorigen Seite anfügen.
Es haben dann nach der Zeilenzahl des Laur. 1 ἵππων ἐλ
AD τήρ Y cωcθάνηc ABCDZ cωcθένηc P, die übrigen vier
nach meinen Collationen wie Laur., nur in X das α 'aus
etwas anderm corrigiert'. 2 θρέμων V. 3 ψε couc alle
ausser F. 4 πηγαϲαγὼν A von erster Hand, XBCDZFVP
πηγᾶ ταγὼν (oder ϲαγὼν) Y πηγᾶc Variante erster Hand
in X, πηγάc τ᾽ ἀγὼν in Z, πτιογενὴc XYBVP, Z mit Acut
νὴc F. 5 die ersten drei Verse überzogen in A ὅ, τε ZFV
ὅτε AP χων. X χων, C. 6 ἀρcάκηc τὰc Y μηc. τ BF
γίαc C, D mit übergeschr. ου. 7 ἀcτιόμαδροc vielleicht A
erster Hand Der Vers zweiter Hand in allen an seiner
Stelle: ἐλ nur in XC nicht ganz deutlich ἐλ F über α in
ναῶν ein η erster Hand B. 8 voι, V voι· A wie Laur.
FP (θοc τ᾽, wie Laur., AXYCDZ) ριθμον. Z erster Hand,
VP v über οι von erster Hand in F. 9 alle nur ἀιτ,
ἀιτ, αἰτ δῶν, AXV 10 οἶτ᾽ ἐπ alle, ausser XB, die
οἵ τ᾽ νὲc aus νὴc B νὲc, XC. 11 ἤθυ oder ἴθυ X

τοὺ'ϲ AB die Diastole, wie Laur. zweiter Hand, haben AXZF μητραγ AXCDP μητραγαγὴϲ von erster Hand zu θὴϲ corrigiert B θῆϲ oder θῆϲ X μιτραγάθηϲ Y? wahrscheinlicher wie X die übrigen wie Laur. 12 τεὺϲ τ' X ἀρκεύϲ ABCD ἀρκεὺϲ V ἀρκέϲ τ' P θὸϲ. X (ϲιλῆϲ Z) λῆϲ F λεῖϲ AXYDVP, auch wohl B, undeutlich λεῖ C διοπτοί alle ausser F und, wenn richtig verglichen, C. 14 μῶϲι alle ausser X (undeutlich μῶϲ⁻) und vielleicht C. 15 τρίρρ alle. 17 der Vers von erster Hand, ϲεῦνται ohne Zusatz, vorhanden blos in XYBCDZF, von später Hand nachgetragen in A, von zweiter in P, fehlt in V. 18 ζυλὸν F δούλιον nur BCD, wenn genau verglichen. 19 θάρυθιϲ V, P erster Hand χηϲ. ἄ A. 20 ϲάι μ A col. XYBF βαβυλών und das δ' im nächsten Vers alle ausser ZVP, doch X mit gekreuzten Accenten, Y sicher und C vielleicht λών 22, 23 ναῶν und καὶ alle λκῶ alle ausser V und vielleicht CD λήμματι XF ϲοὺϲ. XF. 24 φόρόν τ' D φόρον ἔθν C θνοϲ; X, der so den Vers schliesst, den nächsten ἐκ παϲ ... ἔπεται schreibt. 25 wie Laur. vielleicht CDF ἀϲίαϲ ἔπεται· προτροπαῖϲ oder προτροπαῖϲι A; Glossem des nächsten Verses im Laur. die übrigen fünf verbinden 25, 26 ὑπὸ blos X(C?)ZVF, falls der letztere verglichen wurde, als der Accent im Laur. erkannt war: die übrigen ὑποπ. 27 τοῖονδ' Y τοιόνδ' ἄνδροϲ π .... αἴηϲ VP letzte Sylbe in αἴαϲ undeutlich abbreviert in F. 28 wie im Laur. nur P: in derselben Zeile mit 27, doch abgesondert in VF und vielleicht Z; in den übrigen völlig mit 27 zusammengeschrieben εἴχεται Y οἴχετ' ἀνδρῶν B 29 πέρι B(D?Z?)VP χθών A ἀϲιᾶτιϲ keiner. 30 θρέψαϲα, ϲένεται πόθω μαλερῶ C ϲα, XZ nach ϲα Rasur Y θω alle ausser X, wo das tief zur Seite geschriebene ι von zweiter Hand getilgt, B, wo nur πόθο von erster Hand, (D?)P ρῶ alle ausser AX(D?)P. 31 τοκέεϲ δ' ἄλ C?D? χοί, θ' A χοι θ' ZFVP und vielleicht Y von erster Hand ολεγδὸν B? 32 νον, τρ BCDFVP; A zweiter Hand.

In der Strophe ist V. 33 überall abgetheilt wie im Laur.
In B ist die Silbe κε nicht ganz deutlich: F liest πεπέρακεν
ὁ περϲέπτολιϲ ohne ἤδη. Die folgenden sechs Verse des
Laur. sind in X Y paarweis, ohne Andeutung der Sonderung
in jenem und ohne andre Variante, als entschiedenes χώραν,
Wegfall der Jota subscr. in beiden und ἔληϲ…ϲμα; in Y,
zusammengeschrieben. Ebenso in P ohne alle Variante zum
Laur., ausser dass im ersten der drei Verse γείτονα χώραν
von erster Hand fehlte. Dieselbe Versstellung hat V mit
völligem Ausfall derselben Worte und einem Zwischenraum
nach ἔλλαϲ im dritten Vers. In derselben Weise giebt F
in denselben Verszeilen überall die Verstheilung des Laur.
wieder, nur im mittlern Vers mit, wie die Gegenstrophe
zeigt, absichtlicher Aenderung ϲχεδία ‖, sonst im Wortlaut,
mit Diastole des Laur.; nur zwei Accente, die Jota subscr.
und der Quantitätsstrich fehlen. D schreibt wie Y, nur die
beiden Verse 37 und 39 einzeln stellend, wie im Laur.: C
wie D, nur die Wörter des V. 38 zwischen 36, 37 und 39
theilend: beide lesen ἔλληϲ. A im Gegentheil giebt den
dritten Vers ungesondert wie X Y, mit ἔλληϲ, theilt die VV.
34 bis 37 in drei, nach πορον und δέϲμω, mit Zwischenraum nach χώραν. B, mit ἔλληϲ, ὄδιϲμα, ist mir selbst nicht
übersichtlich und Z völlig willkürlich. V. 40 haben, ausser
Z, alle wie Laur., ohne den Zwischenraum nach βαλὼν.
Von den Versen der Antistrophe im Laur. sind die vier
letztern in allen Handschriften als zwei Zeilen geschrieben,
innerhalb deren V nach χθόνα, einen Zwischenraum zeigt.
F hat deren in allen drei Zeilen, nach ἀϲίαϲ, ποιμα, νόμοιϲ.
Z liest δ' ἀϲίηϲ und πᾶϲαν χώραν ποιμ. 41 χων, B.
43 νει: B. 44 θεν· π AFVP μοιϲ; ἑ A. 45 ϲϲηϲ· X.

Zu Aenderungsversuchen ist mancher Anlass auf der
Seite; beschränken wir uns auf das für unsern Gesichts-
punkt nächstliegende.

Ein blosser Schreibfehler scheint in dem ziemlich sinnlosen ἠπειρογενὲϲ κατέχουϲιν ἔθνοϲ V. 43 H vorzuliegen.
Ich finde, dass schon conjiciert worden ἠπειροτενὲϲ κατέχου-

cιv ἕδοc, wodurch dem κατέχειν der Sinn, den es haben
kann, gegeben wird. Nimmt man dazu das οἵ τε des Laurentianus statt οἵτε, so ist von den Lydern gar nicht die
Rede, sondern deren Nennung dient blos, für die geogra-
phische Lage der Völkerschaften, die 'durchaus das Festland entlang ihre Wohnung haben', die nöthige Andeutung
zu geben: es sind die nach Osten zu das Hochland Klein-
asiens bewohnenden, der dritte Nomos des Darius bei Herod.
3, 90. Für einen hier so wenig begrenzten Länderstrich
passt aber ἕδοc nicht: es wird etwan κατέχουcιν ἐμοc gestanden haben und in der Redaction ἔθνοc hergestellt worden sein. Νέμοc scheint ganz wohl für Bezeichnung jener
Lokalität geeignet, deren Weideländer Strabo so vielfach,
12, pp. 560, 38; 561 zu Ende; 539, 10; 547, 15; 553, 25,
erwähnt.

Eine absichtliche Interpolation, wie mich dünkt, völlig
im Geist der Redaction des Quaternio, wahrscheinlich indess
doch älter, lässt das ἑλειοβάται V. 40 vermuthen. Die Bil-
dung des Worts erscheint unpoetisch und im letzten Theil
unverständlich. Dass die ἕλεα Aegyptens bei Herodot eine
erhebliche Rolle spielen, Thucydides die ἕλειοι als die
Tapfersten des Landes nennt, kommt allerdings zu statten.
Davon konnte aber jedermann wissen, oder die Lokalität
kennen, wie der Scholiast; man konnte eine Dreitheilung
Aegyptens in der Stelle durchzuführen gut finden: für
Aeschylus ist dies alles kaum von Belang. Er nennt in
seiner Statistik des Perserheeres überall neben der Führer-
schaft die Gesamtheit der Untergebenen, wie namentlich V.
51, 52 und das ὑπὸ πομπαῖc 59 aufzufassen sein werden.
Statt der partiellen Bezeichnung vermisst man eine umfas-
sendere: vielleicht stand λειοβάται, im ersten Theil der Zu-
sammensetzung analog dem ἀρχελείων V. 292, im andern
mit αὐριβάται, ναυβάται, ἱπποβάται, (ἀγδαβάται) bei Aeschylus.

Zusätze und eingeschobene Verse unter diesen Anapästen anzunehmen, liegt sehr nahe: sie fehlen sonst im
Stück nicht, nur ist ihr Ursprung überhaupt noch nicht

festgestellt. Hier glaubt man zu erkennen, dass V. 46 eine
ziemlich späte Entstehung hat. Denkt man ihn fort, so ist
gesagt, dass die beiden Befehlshaber im Geleite von Streitwagen jene Völkerschaften in kriegerische Action setzen:
der Dativus ἅρμασιν wohlverständlich, das ἐξορμῶσιν sehr
analog dem ἐπάγει V. 86 bei gleichem Sachverhalt. Streitwagen im Perserheer erwähnt Herodot nur bei Libyern und
Indern: sie sind indess ausdrücklich für jene Völker, wenn
auch in spätern Zeiten, beglaubigt bei Appian, Syr. 32 p.
295 Bekk. Die nächsten zwei Verse sind grammatische
Apposition zu dem τούς V. 44: τέλη bezeichnen Geschwader
aller Waffengattungen, nicht etwa die Streitwagen allein,
wie die Epitheta δίρρυμα und τρίρρυμα verleiten können zu
verstehen. Aber auch Appian spricht 33 Z. 11 und 42 Z. 9
von der ῥύμη der Streitwagen, Thucydides 2, 81 braucht
das Wort von der Kampfweise barbarischer Truppen:
warum müsste bei Aeschylus nothwendig ῥυμός, das Zug-
holz, zu Grunde liegen? Wagen, Fussvolk, Reiter konnten
zu taktischer Wirkung geordnet sein. Dies nun eben ver-
kennend, scheint ein prosaischer Kopf unbekannter Zeit in
dem ἐξορμῶσιν nur die mechanische Fortbewegung, in den
ἅρματα ein Transportmittel für das ganze Heer erkannt zu
haben; er las oder verstand vielleicht auch οἵτε, vermisste
die Erwähnung von Sardes, und versuchte sich in metrischer
Ergänzung.

Sicher genug, um irgend einen Eingriff in den Text
zu rechtfertigen, sind diese Bemerkungen nicht; und was
von sonstigen Auffälligkeiten nicht dem Dichter, wohl aber
der authentischen lebendigen Ueberlieferung sich zutrauen
lässt, überhaupt was nicht Kennzeichen mittelalterlichen
Ursprungs trägt, eignet sich nicht zur Besprechung auf diesen Blättern. Man hat gemeint, durch Auswerfung von
zwanzig Versen die Hand des Dichters herzustellen, haupt-
sächlich, weil 'sie in einzelnem dem, was der Dichter im
Verlauf der Tragödie von einigen der hier genannten Führer
sagt, widersprechen', wie Droysen sagt. Hierzu ist zu be-

merken, dass die drei Fälle solchen anscheinenden Wider-
spruchs im Wege unserer Kritik sich auf den einen V. 934
werden beschränken lassen, indem der aus V. 307 vollständig, der aus V. 316 ziemlich ausreichend auf S. 8 ihre Er-
ledigung finden. Ueber die schwankende Quantität barbarischer Namen kenne ich für griechische Poesie keine um-
fassende Sammlung, wie für lateinische: der Fälle sind
indess, wie zu S. 7 zu erwähnen sein wird, bei Aeschylus
selbst viel mehr, als man hier geltend macht.

Dritte Seite.

(V. 79—120 H.)

Weder vom Ganzen der Schrift, noch von Besonderheiten, etwan der Spiritus, finde ich etwas bemerkt. Die
Ungleichheiten beim Jota des Dativs und der Prosodie der
Diphthongen giebt der Abdruck. Von Compendien steht
ausser den durchgängigen für ει und ευ (hier nur Z. 32
gesondert), über denen die Accente des Abdrucks stets für
willkürlich zu gelten haben, nur zu Ende von Z. 40 und
42 dasselbe, wie auf S. 1, 46 und 2,·7. Bemerkenswerth
ist höchstens, dass die Interaspiration Z. 35 entschieden von
ältester Hand ist. Dieselbe hat Z. 5 das ε in δέρ auf Rasur,
etwan eines ρ, geschrieben, Z. 25 μοι in μοῖ, Z. 27 δ'επ in
δὲπ geändert, auch wohl 32 den Acut in ρύ durchstrichen.
   Die metrische Anordnung dieser Seite zeigt nur einmal, wohl Z. 38, nicht 43, eine Ungleichheit, indem aus
einer Handschrift mit Doppelzeilen, wie sie auch als Original des Laur. angenommen werden darf, eine Sylbe zu
viel in das Einzelkolon zu stehn kam. Die übrigen Incon-

gruenzen sind unwesentlich: die Anapästen zwischen den
Ionici mögen sich überall, wie Z. 30, 37 abgesondert gefunden haben, gleich den Monometern in den Anapästen;
so geschah es, dass sie, wie diese, theils, im ersten Stro-
phenpaar, zum folgenden, theils, im dritten, zum vorhergehenden Vers geschrieben wurden.

Zu dieser Schrift erster Hand hat die zweite, des Scholienschreibers, wenig zugefügt: ein ·o· über dem ἐ V. 1 und
gleicherweise ein ·ε· über dem ζ V. 9; die Diastole V. 42;
das εἴργειν V. 12 ist zu εἴργειν geändert und — falls sich
diese Notiz auf den Laur., nicht auf eine andere Handschrift bezieht — in ἀρ κύ ϛατα das ρ und der erste Theil
des κ nachgetragen. Unverbessert blieb V. 5 δέρ μα mit
Lücke, etwan eines im Original unkenntlichen Buchstaben,
und was zu VV. 3 4 39 44 bei Hermann verzeichnet. V. 9
(87 H) ist keinerlei ν bei ἄρη zu erkennen; es ist ein
winziges anderes Zeichen, selbst nicht zu einem etwan aus-
gefallenen Scholion gehörig. Von den noch jetzt mangeln-
den Spiritus und Accenten VV. 4 16 23 31 32; 7 23 42
könnten einige, wie V. 2 erkennbar, nur verblichen sein.

Für Ausgleichung des Textes mit den Scholien hat der
Schreiber der letztern weniger als auf voriger Seite gethan, auch ausser V. 3 und 35 nichts zu thun gefunden,
weil sämtliche auffallende, grossentheils der Interpolation
angehörige Lesarten durch die Lemmata oder die Exposition
der Scholien als Bestandtheile der Redaction des Quaternio
beglaubigt erscheinen. Es ist nicht erweislich, dass der
Scholiast in der vielleicht mehrfach verunstalteten Epodos
einen Buchstaben anders las, als wir im Laurentianus: das
προϲαίνει desselben ist schwerlich als προϲϲαίνει und Paraphrase eines ποτιϲαίνουϲα zu fassen, sondern erklärt als
völlig übliches Compositum neuerer Autoren die Worte
ϲαίνουϲα τὸ πρῶτον. Auch sein ἅμα lässt sich nicht füg-
lich benutzen, um ihm ein im Text verlorenes θαμά zu
entnehmen.

Wie das Verhältniss zwischen Text und Scholien, ist auch die Anordnung der letztern dieselbe, wie früher. Es stehn am rechten Rande siebzehn Scholien mit grössern Initialen und vorgerückter erster Zeile, die allein Lemmata aus dem Text führen: das S. 73, 25 rechts auf dem obern Rand in sechs Zeilen; im Grunde als zwei, das erste mit ἄλλως, gegenüber V. 2 des Textes endigend, die fünfte Zeile mit Τῆς neu beginnend: das Z. 29 gegenüber Z. 4 des Textes — das erste ἀcύριον von erster Hand verbessert, das zweite ἀcύριοι nicht —: das S. 74, 2 in zwei Zeilen gegenüber Z. 6 des Textes — Δόκιμος: ἀν· δ'ρεῖος· δοκ —: das Z. 6 — beginnt Ἄμαχ' κῦμ̄ θαλ/$\overset{\alpha}{}$, (nicht θαλάccας) τὴν — in zwei Zeilen zwischen V. 7 und 8: das Z. 9 in vier Zeilen — Δόλομητιν δ' ἀπατ/: ὡc ... ἀναβά‖λεται. τίc — zwischen 9 und 10 des Textes: das Z. 11, das Lemma vollständigst, in sechs Zeilen bei V. 13: das Z. 17 in vier Zeilen bei V. 18: das Z. 19 bei V. 21: das Z. 20 in vier Zeilen bei V. 23 — εὐρυπορ/ δυχ —: das Z. 22 — im Lemma Πολιαινομένας:, wie einige neuere Handschriften, — in zwei Zeilen zwischen V. 26 und 27: das Z. 23 in zwei Zeilen zwischen V. 28 und 29: das Z. 24 in sechs Zeilen — λαοπόροιc (mit Hyphen) τε μ$\overset{.χ}{ή}$: ταῖc — gegenüber V. 30 bis 34: das Z. 29 in vier Zeilen zwischen V. 34 und 35: das Z. 32 — ὀ̂α:, wie im Text — gegenüber V. 38: das Z. 33 — Μὴ πόλις π$\overset{θ}{υ}$: μὴ — in drei Zeilen: das S. 75, 1 — τελευτήcαντ — in zwei Zeilen. Die Scholien mit Siglen zu einem Wort bezogen finden sich zu beiden Seiten des Textes: links zwischen V. 1 und 2 das S. 74, 24: neben V. 9 das S. 74, 1 in zwei Zeilen: neben V. 15 das Z. 8 in zwei Zeilen, die Sigle im Text über cρατὸc. Rechts, vier Lettern von V. 8 das S. 73, 31: ebenso weit von V. 9 das S. 74, 3: fünf Lettern von V. 20 das Z. 15. Ohne Zeichen links neben V. 12 das Scholion S. 74, 4, nicht wie Hermann angiebt. Das τάξεciv ist Glossem über ἔρκεciv im Text selbst, wie die drei bei Dindorf übrigen S. 74, 7, 16, 28.

Bei den neuern Handschriften lässt eine Gesamtüber-
sicht zunächst des metrischen ihre Herleitung aus Exem-
plaren wesentlich gleicher Anordnung mit dem Laur. erkennen. Bei denen des dreizehnten oder vierzehnten Jahrhunderts läuft in Folge gänzlicher Unkenntniss der Metrik
einige Willkühr unter: es wird z. B. fast durchaus vermie-
den ein Kolon mit getheiltem Wort zu enden. Behält man
dies im Auge, so treten die Glieder, wie sie der Laur. so
musterhaft aufzeigt, alsbald hervor: dass sie in andern Ver-
bindungen vielleicht schon im Zeitalter des Laur. zusammen gestellt waren, ward oben bemerkt, und die Gestalt
von Strophe und Gegenstrophe γ´ in diesen neuern wird
das dort gesagte bestätigen. In den Handschriften des funfzehnten Jahrhunderts liegt eine Wiederherstellung der alten
Theorie vor, deren Begründung auf den Laur. selbst oder
seine Abschriften mir zur Zeit noch zweifelhaft ist. Die
letzten drei Verse der ersten Antistrophe erscheinen in
allen Handschriften in zwei Zeilen, die erste bis ἐφέταις,
nur in F der Versschluss des Laur. durch Raum nach πε-
ποιθὼς angedeutet. Im folgenden entspricht F bis V. 25
der Abtheilung des Laur. In Str. β´ sind die ersten vier
Verse in allen Handschriften ausser Z mit dem Laur. in
Einklang: der fünfte, 8, beginnt in Z mit δουρ., endet in
XC mit τοις, in ABDYVP mit ἀνδράσι, in Z mit ἄρην.
Von Antistr. β´ haftet der erste Vers an den letzten Worten
der Strophe in ABYVP, steht also einzeln nur in XCDZF.
Die übrigen fünf sind die des Laur. in allen, ausser AVP,
nur dass F die letzten vier, Z die letzten zwei getrennt
zusammenstellen, BXY zwischen 11 und 12 die Worte τάξε-
civ· οὐδ' ἄρ (ἄρα B) αἔρκεα ἴσχει (ἴσχειν B) als Vers von
erster Hand einfügen. A schreibt die VV. 11 12 13 als
zwei, den ersten bis ἔρκεσιν: VP verlängern 14 bis ϛρατὸς,
entsprechend der Abtheilung der Strophe in fünf Handschriften. In der Epodos schreiben BXYF die VV. 18 19
als einen, F mit Trennung, welchen dann ADZVP nach
ματος wieder theilen, mit Verlängerung des zweiten bis γὰρ

4 *

in A, bis cαí in VP: also blos C wie Laur. V. 20 schreiben BXYZ bis νουcα, V. 21 bis cατα, 23 bis θνατὸν: F
stellt die Verse des Laur. gesondert zusammen, wie Z 21
22 in anderer Verbindung. ACDVP halten die Abtheilung
des Laur. in 21 22 ein: in V fehlen 23 24, die in ACD
nach ὑπὲρ getheilt sind; P schreibt 23 bis θνατὸν und lässt
das übrige fort. In Strophe γ′ kommt F mit dem Laur.
überein, V. 25 mit μοῖρ′ zu 24 geschrieben, 26 27 und 28
29 30, letzter ohne Zwischenraum, je in einer Zeile. Von
den übrigen schreiben bis παλαιὸν zwei Zeilen, die erste
mit γὰρ Z, mit κατα endend BY, mit μοῖρ′ C, mit μοῖρ′ ὲ
X; ADVP nur eine. VV. 27 28 enden wie Laur. überall,
ausser VP, wo sie verbunden: 29 30 sind in allen, in VP
auch noch 31, ohne Zwischenraum verbunden. In der Gegenstrophe γ′ sind in sämtlichen neun Handschriften ausser F,
nach ausdrücklichem Vermerk über jede, die ersten zwei
Verse so geschrieben, wie bei Hermann, sehr abweichend
vom Laur. Ebenso der dritte in BXYCDZVP: nur in
A reicht er bis πίcυνοι. Den vierten schreiben BXYC
πίc....μοιc: D (wie ich glaube,) ZVP πίc...πείcμαcι: der
Rest, also in A λεπτ....χαναῖc, bildet je einen Vers. Auch
F weicht beträchtlich und zwar ohne ersichtliches Motiv
von der Ordnung der Strophe ab: er verbindet den ersten
Vers ἔμ....ροιο θα mit V. 31 des Laur., schreibt die zweite
Zeile bis ἐcορᾶν mit Raum nach νομένας; die dritte bis
πείcμαcι, Raum nach πίcυνοι; die vierte bis Ende 38 des
Laur. Die VV. 38 39 der Strophe δ′ schreiben C(D?)ZFVP
dem Laur. entsprechend: XY verbinden sie unverkürzt, Y
mit ungewöhnlicher Stellung der Worte unter der Zeile:
AB enden den Vers mit ἀμύccεται, φόβῳ fehlt in B ganz.
Dieselben Kola der Antistrophe bilden in allen Handschriften,
ausser ZF, die hier regellos abtheilen, eine Zeile. V. 40
des Laur. ist in allen Handschriften ausser BY, wo er bis
μὴ πόλιc läuft, derselbe. Der nächste ist nur in F der des
Laur., sonst ausser BY in gewohnter Weise bis πύθηται

verlängert, womit oder nach welchem überall, ausser F, der letzte Vers beginnt.

Auch die Varianten der ältern dieser Handschriften zeigen selten etwas anderes, als Lesarten, die der Schreiber des Laur. aus Unbedacht verfehlt, jedenfalls als Varianten vor sich gehabt haben mag: so z. B. das α der Dorismen in den Formen mit η, dergleichen ein Interpolator des vierzehnten Jahrhunderts wohl nicht zum Augenmerk nahm. Die Redaction des funfzehnten macht sich leicht kenntlich. Ich übergehe die völlig unerheblichen Berichtigungen des Laur. und den grössern Theil der Interpunktion.

V. 1 ὀχυροῖσι alle ausser BZFP.   2 ςυφελοῖς alle, wie ich glaube, ausser ABFP   χρυcογόνου blos F.   3 αc, C ἰcόθεος sicher XYF, wohl auch alle übrigen   φῶc B (C?D?) φὼc YVP.   4 λεύccων alle ausser XP.   5 φονίου B von erster Hand; ein ι ist von zweiter eingeschoben: (C?D?)   δέργμα alle ausser B erster Hand; das γ ist über der Zeile von zweiter Hand zugefügt   πολυναύτας. XF   7 ἀcύριον θ' ABYZ   ἀcύριόν θ Z von zweiter Hand   ἀ..cύριον θ' X, mit Rasur   ἀccύριον θ VP   ἀccύριόν θ CD, der zweite Accent kaum ganz sicher   F genau wie Laur., Komma zu Ende.   8 δορικλ D   δορυκλύτ von ders. Hand zu δουρικλύτ corrigiert F   δουρικλυτοῖc CZP   κλύτοιc erster Hand, von zweiter zu κλυτοῖc geändert A.   9 ξοδάμνον VP   ξόδαμον F   ἄρην alle ausser XF.   10 οc in δόκιμος in B auf Rasur von zweiter Hand   ὑποςάc AD   ςὰc, CZ.   11 λω alle   τῶν, BXYV.   12 ὀχυροῖc ABCDXY (ἐχ ZF)   ἐχυροῖcιν VP   ἔρκοιcιν V   εἴργ sicher BF   εἴργ sicher XYZV   γειν, C.   13 ccαc keiner   ccηc: B.   14 ἀπρόcιτος CY, letzter von zweiter Hand corr.   15 τὸc· C   τὲ CDXZVP   λαὸc. CDXYVP   λεὼc. F.   16 θεοῦ, ADZF   θεοῦ. XY.   17 θνητὸc XY   ξει. CXFV.   18 τίς, οὐ κρ Z   πνῶ alle.   19 alle wie Laur.; Interpunkt. nur in ZFP.   21 τοπρῶ mit Hyphen F   το πρῶ V   πρῶτον, π Z.   22 βροτῶν VP   in B Scholion wie bei Dind. S. 430, 24; 27: ἡ ἐκ θεοῦ φηcὶ ἀπάτη ὡc φιλόφρων caίνουcα...

23 τόθεν, Z ἔϲτ alle ὕπερ XY ὕπερ A ὕπερ. θνα B ἔϲιν ὑπερθεν (oder ὕπερθεν) τὸν ἀλ F.   24 θνατὸν. ἀλύξαντα, φ B.   25 κατα μ XP.   26 ἐκράτηϲε alle ausser F und V, wenn ich.genau verglichen το παλ V.   27 όν AZ ov: mit Gravis und Acut B caιc, ACV.   28 τοὐ mit Hyphen C κτουc, BY.   29 πειν, Y ἱππειοχ V χάρμουc VP.   30 τὲ A.   31 πόλεων δ' ἀν CXYF πόλεων ἀναϲ D πόλεών τ' ἀν sicher Z, vielleicht auch P πολαναϲ, über αν ωθ geschrieben, V πόλεων τ' AB, wenn genau verglichen.

32 ἔμαθον hat α und ον undeutlich in D ρυπ mit Hyphen C ἐυρι..πόρ mit Rasur zweier Lettern Y.   33 θαλάccαc FVP.   34 νομέναc BXYFVP λαύρω BCXYFV λαύρψ, ZP βρω, A.   35 ἐcόρ nur D ἄλγοc XF. 36 πίccυνοι ACDV πίccινοι B λεπτοδόνοιc D μοιc, X. 37 cι. λ XY τὲ X μαχαν D, wenn genau verglichen. 38 τα μοι FV τά μοι AXYP und mit übergeschriebenem ȣ D τα μου Z und mit übergeschr. οι BC.   39 μύccεται alle ausser Z erster Hand βω XYF.   40 δὰ ABXYZFVP δἀ C? D? τοc, X.   41 τοῦδε. μ BX. 42 cίδοc: B.   43 τὸ, κ D κιccίνων BZ καccίων V.   44 ἔccεται AFP; in V undeutlich.

Die Seite bietet V. 22 ein doutliches Beispiel jener oberflächlichen Interpolation, welche die Redaction des ersten Quaternio charakterisiert; von Hermann vortrefflich emendiert. Kurz vorher schien bisher eine Lücke des Metrum bei leidlicher Lesbarkeit des übrigen einen alten Schreibfehler zu verrathen: Rossbach hält das metrische für tadellos; die Gedankenverbindung ist auffällig, und das schleppende der Diction suchten schon Kritiker abzukürzen. Unversucht ist dergleichen bisher geblieben bei den Wiederholungen ἀνὴρ θνατὸϲ ἀλύξει, παράγει βροτόν, θνατὸν ἀλύξαντα, wo die Eintönigkeit der Gedanken gemindert würde, wenn man etwan läse

> τόθεν ἐϲὶν ὑπὲρ θνατόν, ἀλύξαντα φυγεῖν.

Ein sicheres Verständniss dieser Epodos würde die Feststellung des Gedankengangs im Gedicht selbst erheblich fördern, welcher so wenig zu Tage liegt, dass man ziemlich allgemein durch Umstellung von Strophen zu helfen versucht hat; wogegen den schwierigeren Weg der Orientierung ein neuster Arbeiter auf diesem Gebiet mit Glück wieder angebahnt hat, dem ich mit Vergnügen hier zum erstenmal begegne. Herr Charles Prince eröffnet seine *Études critiques et exégétiques sur les Perses d'Eschyle* mit sprachlicher Erwägung dieser Seite des Laurentianus von Strophe zu Strophe, um später, pp. 8, 9, 19, über Bau und Gefüge des Ganzen im strengsten Anschluss an die Ueberlieferung sich zu äussern. Er erkennt darin zwei mit dem Eintritt der Epodos scharf gesonderte Gedankenfolgen, die beide aus der in den Anapästen geschilderten Situation sich herleiten. Ich möchte lieber sagen, sie finden ihren Ausgangs- und Endpunkt in den zu Anfang und Ende der Anapästen berührten Thatsachen, was freilich einen einheitlichen und geschlossenen Verlauf zwischen diesen Punkten vermuthen lässt. Der Chorführer hatte V. 15 unverkennbar geflissentlich den Blick von der Ferne, wo die Entscheidung vielleicht schon gefallen ist (V. 148), abgelenkt, um ihn auf dem Gedächtniss der im Reiche vermissten und auf der Trübsal der Hinterbliebenen ruhen zu lassen. Da, wo dort abgebrochen wurde, tritt der Gedanke des Chors sofort ein: er scheint zu fragen, wie man bei Abwesenden thut, 'wo sind sie jetzt?' er folgt ihnen im Geist, zwingt sich nicht sowohl, wie Prince sagt, Zuversicht zu fassen, als er die vom Chorführer eingestandene trübe Ahnung über der Energie der Vorstellung vergisst. Er sieht alles nach Wunsch gehn: da plötzlich, man erräth nicht, auf welchen Anlass, schwindet sein Glücksvertrauen; er deutet auf Unglück zur See, wie es scheint, auf unterbrochne Verbindung mit der Heimath (λαοπόροις τε μαχαναῖς), sieht es im Geist schon verwirklicht, und fällt in die Klagen um die nun noch entschiedner und dauernder Verwaisten und Verlassenen zurück.

Die Kluft zwischen beiden Gedankenreihen ist wohl

nicht so stark, als sie scheint, und Herr Prince war sehr nahe sie zu beseitigen.

Emendationen sind nicht nöthig: πεζονόμοιϲ V. 77 in πεζονόμουϲ zu ändern, ist nicht rathsam, weil nach der breiten Exposition der Anapästen die Dynasten des Heeres auch jetzt einigermassen bedeutsam hervortreten müssen: sie führen die grössere voraufziehende Masse des Heeres, während Xerxes mit Kerntruppen in der nächsten Strophe nachfolgt. Denn das Wort wird nicht bedeuten 'das Land beweidend', wie die Lexika haben, sondern 'Beherrscher des Fussvolks', analog dem πολιϲϲονόμοϲ V. 855, περϲονόμοϲ 899, wie ἐκ θαλάϲϲηϲ ἐχυροί, dies verbunden, die Führer der Schiffsmacht. Auch das Bedenken gegen die Bedeutung von ποιμανόριον dürfte grundlos sein: Plato Ges. 3 p. 694 zu Ende und Dio Chrysostomus or. 4, p. 72, 5 Dind. haben es augenscheinlich als 'Heerde' verstanden. Ebenso wenig wünschte ich χρυϲονόμου V. 81 geändert. Die Etymologie von Perseus führt zwar auch Herodot an ähnlicher Stelle an; sie ist aber hier bedeutungslos, während eine Erinnerung. an das gemünzte und ungemünzte Gold, als Hauptexpediens der Unternehmung, wie Herodot vieler Orten berichtet, hier beim Kriegsapparat wohl am Ort ist: Dareios hat die Dareiken in Umlauf gesetzt, sein Geschlecht kann χρυϲονόμοϲ γενεά heissen — ϲιτονόμοϲ ἐλπίϲ bei Sophokles Phil. 1091 —. Trefflich aber ist Herrn Prince's Deutung der zweiten Antistrophe: "*il n'est personne qui, pour avoir resisté à un torrent d'hommes, ait mis sa force à l'épreuve au point de pouvoir, par des digues assez fortes, repousser l'irrésistible envahissement de toute une mer*": on peut arrêter un torrent, comme aux Thermopyles' etc. — nur könnte Hermann's Fassung von δόκιμοϲ aufgegeben, und müsste seine so kühne wie dem Dichter congeniale Erkärung des κῦμα θαλάϲϲηϲ aufgenommen sein. Wir können des Meeres in eigentlichster, nicht figürlicher Bedeutung hier in keiner Weise entrathen.

Es scheint nämlich nicht undenkbar, dass Aeschylus

hier ein psychologisches Phänomen künstlerisch verwendet hat, das er selbst in dem Chor Agam. 942 ff. des breitern charakterisiert. Die Unglücksahnung des Chors ist ursprünglich völlig gestaltlos und unbestimmt: im Grund der Seele indess trägt er den unheimlichen Gedanken an die Tücke des Elements, der sich unwillkührlich hervordrängt. Schon den schaukelnden Rythmus des Liedes hat er nicht anders wählen können — μαντιπολεῖ ἀκέλευϲοϲ ἀοιδά —: in jeder Strophe erscheint das Meer, als unter das Joch gebeugt, als Bundesgenossen zuführend, als die Lastschiffe tragend, Zufuhr vermittelnd: zuletzt als Hauptfactor im Kriegsplan, wenn selbst die Kriegsmittel zu Lande versagen, und zwar in emphatischem Ausdruck, dämonisch zweideutig, ἄμαχον κῦμα θαλάϲϲηϲ, dessen Widerhall allein genügen konnte, das volle Gefühl der bisherigen Verblendung wach zu rufen.

Findet man diese gewaltsame Gedankenwendung, zu welcher der schroffe, dringliche Ausdruck von V. 94 bis 97 der Epodos zu stimmen scheinen könnte, ungeeignet, so bleibt anzunehmen, der Chor sei während des Vortrags der ersten Strophen bei Erwähnung der leichtzerstörlichen Hellespontosbrücke, der unzuverlässigen ionischen Seetruppen, der unentbehrlichen Communication zur See u. s. w., schrittweis zu bestimmterer Ahnung der Gefahr gelangt, die er im zweiten Theil des Gesanges im Auge behält. Ist doch nun in beiden Theilen ein gemeinsames Gedankenelement aufgewiesen. In der That trägt was im Rest der Epodos und fernerhin folgt, wie es jetzt gelesen wird, noch immer den Charakter leiser Andeutung eines dermaleinst möglichen Misslingens, einer Betrachtung, so zu sagen, vom Standpunkt vor Beginn des Gesanges, nicht gegenüber dem Moment der Entscheidung, zu welchem die zweite Antistrophe schon vorgedrungen war. Es wäre leicht der Epodos einen drastischeren Sinn zu geben durch Aenderung (z. B. φιλ. γὰρ λάθε ϲαίνουϲα τὸ πρῶτον — d. h. 'zuvor', — βροτὸν εἰϲ ἄρκ., mit Beseitigung des παράγει). Doch liegt das ausser unserm kritischen Wege. Der Sinn ist ausserdem ohngefähr folgender: 'Einem Trug der Götter aber' (wenn er obwalten sollte), 'wer entgeht ihm, wer findet die Kraft zu rettendem Absprung?' (zur rechten Zeit; oder, wenn es schon zu spät) — ἀνάccων mit' Porson, wofür Hr. Pr. einen Beleg, Soph. Phil. 860, bringt —: 'denn Ate mit anfänglich freundlichem Schmeicheln lockt' (unwiderstehlich) 'aus der rechten Bahn dahin, wo Flucht und Entrinnen über Menschenmacht reicht. Haben doch die Perser im Gegensatz zu ihrem schicksalgeordneten Beruf, dem Kampf auf dem Festland, begonnen, dem Meer sich zu vertrauen' (und damit vielleicht einen solchen Abweg schon beschritten). 'Darum ist mein Geist von Sorge umdüstert, dass die Stadt die Kunde hören werde "wehe über diesen Perserzug!", das entleerte Susa und die Nachbarstädte der Kissier, und beide sich begegnen in dem Ruf "wehe!" — Ich glaube nämlich, dass jedenfalls das, genau genommen, unverständliche ἀντίδουπον V. 120 geändert werden muss: nicht die Kissierstädte werden mit ὀᾷ dem Ruf antworten, der in Susa aus Botenmund verlautet, sondern die Bewohnerschaft allesamt, im Grund ein einziger Frauenchor, hört und hallt den Ruf zurück, oder tauscht ihn unter sich; es ist statt nach Coucίδος nach πύθηται und πόλιςμ' zu interpungieren und zu lesen ἀντίδουπά τ' ἔccεται, wie V. 1009, 1017 in adverbialem Sinn, oder auf die vorausgehenden ἄςυ und πόλιςμα bezogen.

Die gewissenhaftesten Erörterungen, wie die von Herrn Prince, werden freilich nicht hindern, dass über die Gedankenverbindung in einzelnen Punkten Bedenken sich einstellen. Wie man z. B. auch den Sinn der Antistr. γ' bestimmen möge, wird sich an sie die Str. δ' nicht in logischer Anreihung mit 'darum', 'voila pourquoi' schliessen können: schon desbalb nicht, weil ταῦτα sicherlich nicht schlechthin und überall für διὰ ταῦτα gelten darf: es verbindet sich in solchem Sinn wohl nur mit Verbis, die eine Willensbetheiligung einschliessen, wie ἱκάνω, cπεύδω, u. dergl. Es könnte hier höchstens, beim Beginn einer neuen Gedankenfolge, wie sie der Wechsel des Metrum ankündigt, auf das vorher-

gehende im ganzen hinweisend, 'solcherlei Unheil', das
Object zu dem Verbalsinn des Fürchtens in den Worten
φρὴν ἀμύccεται φόβῳ abgeben — wo übrigens das μελαγχί-
των noch einer Emendation dringend bedarf, dessen byzan-
tinisches Gepräge doch ziemlich deutlich ist: man könnte
an μελαγχύτῳ denken, da die Stelle Choeph. 408 δύcελπιc,
cπλάγχνα κελαινοῦται den Tropus rechtfertigen würde. Die
Construction in Str. δ′ wie sie Hr. Pr. S. 15, 16 als ziemlich gezwungen und gewagt charakterisiert, würde durch
die freiere Syntaxis dieses ταῦτα, wie sie ziemlich ähnlich
Eum. 506 sich findet, nicht verschlimmert; eher erleichtert,
sofern das μὴ πύθηται epexegetisch die allgemeinere Hin-
weisung verdeutlicht. Zu erwägen wäre indess, ob das
ταῦτα nicht als Object zu πύθηται und das περcικοῦ cτρατεύ-
ματοc τοῦδε damit in Verbindung sich fassen liesse: 'Solches,
fürchtet mein grambewegter Sinn, — wehe! — von diesem
Perserzug werde die Vaterstadt vernehmen'. Die Einschal-
tung des regierenden Satzes wäre ganz ohne Belang, wenn
er etwas kürzer wäre, und die mitten in den Satzbau ein-
gefügte Interjection ist ebenso zu verschiedenen Malen V.
564 bis 585 zu lesen. Allerdings ist das ταῦτα nun etwas
weniger in seiner Beziehung auf das vorhergehende, etwan
blos den Inhalt der Epodos, verständlich, als vorhin.
Dennoch wird nicht nöthig sein, ihm abermals durch freiere
Conjectur, V. 108 ἐμάτων für ἔμαθον, im nächststehenden
eine Stütze zu geben und mit paläographischer Rechtfer-
tigung und der Deutung von Antistr. γ′ auf blosse Schiff-
fahrt, so leicht beides wäre, uns aufzuhalten. Der Sinn des
Ganzen würde klarer: aber es kann eine feine Intention
des Dichters in jener Scheu, das Unheil auszusprechen, und
dieser Wendung, als sei dies geschehen, vorliegen.

Vierte Seite.

(V. 121—165 H.)

Der Charakter der Schrift ist der der vorigen Seite: ein α auffallender Gestalt, fast wie ω, erscheint hier zuerst V. 7, das dem jüngern und ältern Quaternionen gemeinsam ist. Die Diphthongen haben in den fünf Fällen, wo der Abdruck die Prosodie auf erstem Vokal zeigt, und einigemal sonst, selbst V. 44, den Circumflex in der Mitte zwischen beiden.

Der erste Schreiber hat abermals geringe Sorgfalt bewiesen, wie schon die ungeordnete Zeilenstellung ankündigt. Seine Fehler hat Hermann genau verzeichnet: auch die geringfügigen Rasuren, V. 14, wo von ἐκάϛαν am Schluss absichtlich ein ι stehn gelassen scheint; V. 25, wo πότερων noch sichtbar. Es bleibt ausser den Kleinigkeiten eines radierten Acuts über Ο V. 1, des durchstrichenen Acuts auf ὃό V. 26, den in VV. 7, 42 vergessnen Spiritus, dem fehlenden Jota V. 41 und dem V. 21 in θά gesetzten, vielleicht durchstrichnen, Apostroph, nur das ἧδε herodianischer Betonung V. 28 nachzutragen.

Der Diorthot hat V. 4 über das η in τηϲ ein ·α· geschrieben, die Hyphen 26 und 37, falls das letztere Zeichen dafür zu gelten hat, die vier Kommata 15, 42 und 44, die Doppelpunkte 27 und 32, ganz oder zum Theil, und die Worte πέϲηι λακίϲ· zwischen 3 und 4, mit Minuskel, aber dem π nicht des Textes, sondern der Scholien, wahrscheinlich auch das ᾒ vor Zeile 26, völlig in der Schriftweise der Scholien, Unziale mit eckigem Spiritus, allerdings mit der bleichen Tinte des Textes, zugefügt. Zweifelhafter sind die übrigen Randzeichen: am ehesten noch der zweiten Hand zuzuschreiben der Strich bei V. 28, schwärzerer Tinte, dem zur Seite ein Name radiert scheint; es soll wohl der Beginn

eines anapästischen Systems, wie S. 2 V. 9 bezeichnet
sein: auch die Beischrift bei V. 37 hat die Accentstellung
der Scholien. Dagegen hat die Beischrift bei V. 32 nichts,
was die zweite Hand verriethe, höchstens der jetzige Accent
könnte ihr gehören: ein früherer, ἐτίοχ, ist radiert.

Dass dieser Diorthot den Schreibfehler ϛέος V. 19 in
dem Exemplar, nach welchem er revidierte, ebenfalls gefunden, scheint dadurch bekundet, dass das Wort am Rand
mit kleinster, aber Scholienschrift wiederholt ist. Wenn
das Exemplar dasselbe war, aus dem der erste Schreiber
copiert hatte, und der zweite kein anderes zur Hand hatte,
so ist am leichtesten erklärt, wie auch das ungeschickt zu
V. 30 gezogene Glossem προσκυνῶ ungetilgt blieb: beides
war ohne Zweifel aus Handschriften jener Zeit schon zu
verbessern, wie es die Mehrzahl unserer neuern, diesmal
nicht, wie bei dem Δαρείου υἱός, nach Triklinius, bieten.
Auch das μέλισσα V. 7 erscheint durch das Scholion als
Schreibfehler des Originals beglaubigt. Da dort das σμῆνος
so gedeutet wird, wie es in den Scholien — des Tzetzes —
zu Hesiod Theog. 594 geschieht, so musste zu ἐκλέλοιπεν
ein Singularis hergestellt werden.

Weitere diplomatische Auskunft ist diesmal den wenig
umfänglichen Scholien nicht zu entnehmen. Die zwei ein-
zigen, die Lemmata haben, stehn zu Anfang der Seite am
linken Rand, höher als sie sollten: das S. 75, 9 beginnt
zwischen V. 4 und 5 des Textes; das Z. 13 zwischen 8
und 9, weshalb über πρῶνα in Lemma und Text noch eine
Sigle zugefügt ist. Das erstere hat drei Zeilen — ἐξαμφοῖν —,
das zweite ebenfalls. Ausserdem mit Siglen rechts, drei
Lettern von V. 2 das Z. 3 in drei Zeilen — ἢ ἡ μετοχη...
ἀντὶ ἀπύσει. —; ebenso weit von V. 9 das Z. 12; bei V. 11
das Z. 15: links zwischen V. 2 und 3 das Z. 5 in zwei
Zeilen — τὸ μῆ —. Ohne Zeichen rechts, sieben Lettern
von V. 5 das Z. 7 in zwei Zeilen; zwei Lettern von V. 17
das Z. 19; drei von 21 das Z. 20, zwei Zeilen — δε.. γαρ —;

drei von 26 das Z. 24: links zwischen 12 und 13 das Z.
16 in zwei Zeilen; bei 23 das Z. 22 in drei Zeilen — τουτ-
έϲιν —; neben 35 das Z. 28 in zwei Zeilen; neben 41 (44?)
das Z. 31 in zwei Zeilen; neben 44 das S. 76, 1 in zwei
Zeilen. Auf dem untern Rand das Z. 25, mit Punkten
interpungiert. Die übrigen fünf sind Glosseme — beides
δια ohne Accent —.

Die neuern Handschriften, in deren Gesamtzahl von
jetzt die Z nicht begriffen sein wird, bestätigen zunächst
im metrischen das Ergebniss der vorigen Seite: die Grundlage ist dieselbe, wie im Laur., aber in den ältern keinerlei
Spur einer Abhängigkeit von diesem selbst, wenn auch eine
Gruppe derselben ihm näher steht, als die übrigen. Der
Rest der Antistrophe δ′ ist nur in F wie im Laur., der
letzte Vers jedoch πλοιϲ πέ....κίϲ abgetheilt. Die Grenze
des Verses 2 dort, ἀπύων, ist eingehalten in ACX, zuvor
abgetheilt nach ναικο nur in C. Von den übrigen hat nur
D die Abtheilung des Laur. nach πέπλοιϲ: die vier Verse
des Laur. stehen als zwei, getheilt nach θὴϲ in DVP, nach
ὅμιλοϲ in BX. Strophe ε′ lässt überall, ausser in F, die
Abtheilung des Laur. deutlich erkennen: die kurzen Verse
sind verschieden zusammengeschrieben, was unnöthig anzu-
geben: überall, auch in F, läuft V. 6 bis λέλοιπεν: sonstige
Uebergriffe sind in A der Schluss der letzten Zeile zwischen
κοινὸν und αἶαϲ, in BY der ersten nach ϲιβὴϲ, sämtlicher
7 bis 10 in F völlig regellos. Antistr. ε′: dieselbe freie
Verbindung der Kola, stets ohne Entsprechung mit der
Strophe, dieselbe Scheu vor Worttrennung, die nur bei εὐνα
V. 15 in CX und, wenn man will, VP unberührt geblieben;
V. 3 endet mit θεῖϲ in allen, 15 mit εντα in A, mit νατῆρ′
in BYD: Willkühr nur in F von V. 14 bis 16, abweichend
von der Strophe. — Die Anordnung der folgenden Anapästen entspricht im ersten System dem Laur. in CDXF:
A verbindet die ersten beiden Verse, BY den zweiten und
dritten, schreibt aber βουλον zum vierten. Ebenso folgen
in V. 22 bis 27 CDX dem Laur., nur 26 und 27 verbin-

dend; F durchaus. ABY verbinden 23 und 24, 26 und 27.
VP theilen gleicherweise nach ἄρα, νὴc, ρον, κῶν, νου ab.
Das letzte System nicht minder geben ACDXYF genau
wie der Laur., F die letzten zwei Verse in einer Zeile:
nur führt keiner das Glossem προcκυνῶ, wie auch VP nicht,
die in den Abtheilungen nach θεῶν und τοῖc δὲ übereinkommen. B dagegen hat das Glossem, beginnt mit ihm den
vierten Vers, schliesst ihn mit χρεὼν, nimmt αὐτὴν zum
letzten. — Die Trochäen sind in BCD, auch, wenn ich
nicht irre, in F, richtig abgetheilt, in A von V. 37 bis 42,
in X in V. 35, 39, 40, in Y in 34, 39 bis 43, in VP von
V. 37 bis 44, in letztern nur mit kleiner Differenz V. 39,
sonst überall anders in kleinere Stücke getrennt, die zu
verzeichnen der Mühe nicht lohnt.

Die Varianten lassen vielleicht verschiedene Beurtheilung zu, sind aber ergiebig an Belegen für jeden der bisher
gefassten Gesichtspunkte, namentlich die Frage nach dem
Alter des mit der ersten Hand des Laurent. gemeinsamen
Originals.

V. 1 ὀά· ABC ὀὰ· DXY ὀὰ FVP unter αικο Hyphen in Y. 3 βυccίν δ᾿ B erster Hand οι in νοιc aus-
radiert in Y. cη λακιc A cη λακὶc BDXYFP. 4
ἵππϊλάτ B λάτας AC(mit übergeschr. η), DXYFVP τας τε
(Zwischenraum) καὶ F. 5 παιδοϲιβ YV ὼc A ὼc, BCXV.
6 ὼc ABCXYVP ὼc, DF. 7 λοιπε (πε, ABCX)
DYVP μελιccῶν (cῶν, AD cῶν. C)BXY μελιccᾶν F
μελιccάων VP ἑὺν F μω ABXY ϲρατῶ BP, in B von
erster Hand ჩ übergeschrieben ϲρατ..., von zweiter Hand
ჩ übergeschr., Y. 8 ἐἑάμ A ζευκτον ἀμείψας Y. 9
λιον. πρ A. 11 ist in V zweimal geschrieben, zuerst als
Zeile für sich, dann mit 12 ohne Zwischenraum verbunden
πόθω... mit Rasur Y θω, XF θω AP. 12 πίμπλαν-
ται alle ausser XF μαci alle ausser F; in B von erster
Hand ων über μα geschr. 13 κροπεμθ F. 14 ἑκάϲη π
ACD ἑκάϲη δὲ π B, das δὲ mit drei übergeschriebenen
Punkten erster Hand, von zweiter unterstrichen ἑκάϲα π X,

ziemlich ähnlich ἑκάϲω geschrieben ἑκάϲω Y ἑκάϲα FV
ἔκαϲα P θω alle. 16 τὸν αἰχμητάεντα A τὸν ἀναια'εντα
V τὸν εὐναϲα'εντα P εὐν alle εὐνητῆρ' A; in X von erster
Hand aus …νητῆρ', über der ersten Sylbe ein Acut, von
zweiter Hand durchstrichen, hergestellt ρα προπεμψαμένα.
F ἀπο..πεμ mit Rasur, aber nicht eines ρ, V πεμψομ P
μένα AXFVP μένη, BCD μὲνη Y. 17 beide Wör-
ter fehlten von erster Hand in A, sind von zweiter nachgetragen μονύζυξ P. 18 αλλ'άτε A ἀλλάτε, über τε von
erster Hand τε, B πέρϲαιϲ P von erster Hand τόδ' alle.
19 ϛέοϲ nur X, mit Glossem καθέδραν: ϛέτοϲ alle übrigen ον, CDX. 20 κεδνὸν Y erster Hand. 21 θα alle
δε Y über δὲ von erster Hand τὰρ D. 22 ἄρα alle λεύϲ
A. 23 ρειοτ mit Hyphen C νῆϲ. τὸ B. 24 παρτρω-
νύμιον X πρωνυμον Y ἡμέτ Y, wenn genau verglichen
νοϲ ἄμετρον oder ähnlich X von erster Hand. 25 νικὼν,
D erster Hand κῶν, die übrigen. 26 ohne ῆ, wie die
erste Hand des Laur., Y; es fehlt auch in D, aber in Folge
von Beschädigung δορυκρ B; D von erster Hand geändert;
Y mit Hyphen, F δορικρ die übrigen, C mit Hyphen unter
δο. 27 λόχηϲ mit übergeschr. τ B χυϲ, κ ABF τηκε.
YV. 28 ἴϲον alle ausser FVP. 29 φῶϲ ὅρ A von
zweiter Hand οϲ, ὅρ F ὁρᾶται VP. 30 ἐμὴ· BCDXYF
προϲπίτνω A προϲπιτνῶ BCDXYFV προπιτνῶ P
προϲκυνῶ fehlt in allen ausser B. 31 προϲφθ XFVP; A
zweiter Hand πρὸϲ φθ ABY ττοϲ mit übergeschr. ι B
δε C; D durch Correctur; Y χρειὼν Y erster Hand χρεών
A ὼν, B τήν D. 32 ταϲ, μ C δᾶν AXYVP. 33
έτιοχο nur C βαθυζόνων B ὤναϲϲα Y ϲϲα δαιμόνων ὑπ V.
34 μῆρ ξέρξου τηραιὰ χ C τηραιά D. 35 εὐνάτειρα
ACD; F erster Hand; V; P mit übergeschr. η εὐνήτειρα
ρϲῶν (drei unleserliche Zeichen) ιλεῖϲ αὐτῶν, alles in Abkürzungen; von derselben Hand durchstrichen und der Vers
richtig noch einmal geschrieben Y καὶ fehlt in X nach δὲ,
am Ende der Zeile, wie auch in ACFVP. 36 εἰ….τι
mit Rasur Y ϛρατῶ: ABCXFVP τῶ. D ϛρατοῦ: Y

37 ἄτοcca von erster Hand nur in AXFVP ποῦϵ, ἱ F
χρυcεοϲόλβουc A χρυcεοϲίλ..ουc mit Rasur, darauf von neuer
Hand β, Ḅ χρυcεοϲίλβουc CDVP wie Laur., XYF.
38 καὶ τοῦ δαρ Y δαρείω τὲ A τέκάμ B τὲ XF τεκόυμὸν
Y κάμοῦ C εὐναϲήριον BYV.   39 καί μοι Y erster Hand
φροντίc· AXYP (τὶc· BFV) εἰc δ' Y.   40 θον. οὐ A
θον, BFVP μῦθον, ἐμαυτῆc οὐδαμῶc οὐcά'ὃ VP μῶc,
ἐμαυτῆc, B λοι· AY λοί, VP.   41 κονίcαc mit übergeschr.
zweitem c erster Hand B κονίcαc CDXYVP δαc, ἀ V
δαc ἀνατρέψη CDVP ψη A(?) ἀντρέψει πολύολβοc ὃν Y
· ποδὀ, V δί BD.   42 das η in ἦρ undeutlich C ἦιρεν
P τινὸc CXF νὸc. YVP.   43 τοιαῦτα μοι V ταῦτα
AYF διπλὴ F διπλῶν μέρ Y ϲοc ἐ XY φρεcὶν A cὶν,
F cί D cι. Y cι, VP.   44 ΤV^{ῶ·} D Cῆ B von zweiter
Hand πληθοc ἐν τιμῶν φόβ'' (d. i. φόβειν) Y von erster
Hand μῆ alle βειν. X.

Was hiervon zur unfehlbaren Berichtigung der Ueberlieferung im Laur. verwendbar ist, hat, wenn es auch jetzt
durch freie Emendation erreichbar wäre, doch nicht den
Anschein solcher Entstehung im Mittelalter; selbst das μελιccᾶν V. 7 nicht, und das προπεμψαμένα 16 nur, sofern bei
dieser Handschrift von der Voraussetzung subjectiver Eingriffe stets auszugehn ist.

Der Schwierigkeiten, die ausserdem noch bleiben, sind
nicht eben wenige und, wie es nach den vorliegenden, meist
exegetisch gehaltenen Ausgleichungsversuchen scheinen sollte,
erhebliche. Meine Conjecturen werden, wie überall, keinen
andern Anspruch, als den der Einfachheit zu machen haben.

V. 130, 131 Herm. ist die Deutung 'iunctum utriusque
continentis socium litus' wenig ansprechend. Die Bezeichnung zweier durch eine Brücke verbundenen Meeresufer als
beiden Welttheilen 'gemeinsam' ist aussergewöhnlich, ohne
dass die poetische Vorstellung daraus einen Gewinn zieht,
selbst wenn die Bedeutung von πρών als 'Ufer' statthaft
gefunden werden sollte. Ich möchte lesen

τότ' ἀμφίζευκτον ἐξαμείψας
ἀμφοτέρας ἅλιον
πρῶκα κοινὸν αἴας.

Πρώξ heisst der Thau: zwar nicht gen. masc., wie die
Lexika noch immer angeben (Lobeck, Paral. S. 108) — die
Collationen der römischen Callimachi sind mir nicht zur
Hand —; aber die beiden Adjectiva sind ja auch bei Sophokles, Aj. 361, Trach. 207, als communia vorhanden.
Ἅλιος πρώξ ist Bezeichnung des Meeres überhaupt, wie
ποντία δρόσος Eum. 891 und ähnliches, was die Lexika
unter letztem Wort geben: vielleicht in poetischer Diction·
überhaupt und überall zulässig, wie in der von Hermann
allegierten, später zu besprechenden Stelle V. 870; jedenfalls der Färbung des vorliegenden durchaus zartgehaltenen
Bildes angemessen.

Zwei Stellen sind ohne genügenden Grund angefochten
worden. In der einen, V. 145, dürfte zwar gegen Hermann's
Deutung des πατρωνύμιον γένος auf die Genealogie von
Perseus Einspruch zu thun sein, wie schon oben bei V. 81.
Die Form braucht aber nicht völlig synonym mit πατρώνυ-
μος gefasst zu werden, wie es bei dem Persernamen erforderlich wäre. Lobeck macht Pathol. I S. 438 und Paralip.
S. 318 Sinnesunterschiede zwischen beiderlei Formen nam-
haft. Geschlechter die auf einen gemeinsamen Ahn zurück-
giengen, zwiefache Benennung je nach verschiedener Berech-
nung zuliessen, konnten etwan mit der abgeleiteten Form
bezeichnet werden und der Fall für Xerxes und den Chor
in manigfachster Weise gelten.

Der Anstoss, den man V. 161 an dem Genetiv ἐμαυτῆς
genommen hat, ist kaum der Besprechung werth: die syn-
taktische Verbindung würde völlig einleuchten, wenn für
ἀδείμαντος οὖσα z. B. ἀδεῶς ἔχουσα stünde; ἡδέως ἔχων
ἐμαυτοῦ steht im Fragment des Alexis Mein. 3 p. 481.
Dagegen beginnt mit dem nächsten Vers eine in grösserm
Umfang controverse Partie, deren Zergliederung z. B. Herr
Prince zehn Seiten widmet. Eine doppelte Verderbniss in

derselben ist augenfällig: V. 164 verräth sie sich durch
eine metrische Abnormität; im nächsten muss sie angenommen werden, sobald man sich der Hermannschen Erklärung
entschlägt: im übrigen scheint Anhalt für eine schlichte
Darlegung des Gedankengangs keineswegs zu fehlen. In
den Versen bis 163 spricht Atossa die Befürchtung aus,
'dass die Fülle des Reichthums auf stürmischer Flucht den
von Darius erhöhten Wohlstand zu Falle bringen, unter die
Füsse treten werde.' Hier ist, ausser der nicht ganz anschaulichen Metapher, unklar eigentlich nur dies, ob die
trübe Ahnung der Zukunft des Perserreiches von jetzt ab
überhaupt, oder dem zuletzt V. 157 berührten zweifelhaften
Geschick des Xerxes auf seinem Zuge gelten, ob der V. 162
erwähnte πλοῦτος mit dem des V. 167 zusammenfallen soll,
oder nicht. Ich glaube, im Widerspruch vielleicht mit allen
Erklärern, dass die Worte κονίσας οὖδας nur Bezug haben
auf den prunkhaften neuesten Auszug — πολύχρυσος σρατιά
V. 9 —, der bereits die Reichesgrenzen überschritten hat;
dass selbst πλοῦτος im concreten Sinne gemeint und eine
Personification nicht eigentlich beabsichtigt ist. Das ἀντρέψῃ ποδί ist metaphorische Wendung, nur eben durch das
drastische κονίσας veranlasst, aber ausreichend, um auch die
Gefährdung des ὄλβος in der Umgebung des Xerxes, auf
dem Zuge selbst denken zu lassen, wie Darius V. 828 das
ὄλβον ἐκχεῖν bezüglich des bis dahin dem Sohne widerfahrenen meint. Wenn also Atossa V. 161 sagte, sie habe auch
von eigener Bedrohniss zu sprechen, so ist sie dazu bisher
noch nicht gelangt: es wird im nächstfolgenden zu gewärtigen sein, wo man abermals die Königin, wo nicht in allgemeinen Reflexionen, doch weiterem Hinblick über die
Lage sich ergehn lässt, während die Schlussworte, die Berufung der Greise zum Rath auf Grund entschiedner Thatsachen, τῶνδε οὕτως ἐχόντων, sodann deren Antwort, besonders mit unserer Emendation V. 173, eine energisch und
besonnen auf das nächste gerichtete Tendenz der Rede zu verrathen scheinen. Sie sagt zunächst, wie ich emendieren möchte,

ταῦτά μοι διπλῆ μέριμνα, φράσθ' ὅς' ἐςτίν, ἐν φρεςίν
'daraus', nämlich der übeln Lage des Sohnes, die ihr der
Traum vorgeführt hatte, 'ergiebt sich für mich eine zwiefache Sorge, die ich im ganzen Umfang darzulegen ver-
meide.' Die Aenderung im Text ist so gut wie keine; die
ältern Handschriften schreiben häufig — eine sehr alte Mailänder, soviel ich fand und hörte, stets: auch im Apollonius
und Aeschylus des Laur. geschieht es oft — vor Apostroph
keine Aspirate: aus dieser Schreibweise entstand die jetzige
Vulgata; die Prosodie scheint auf dieser Seite des Archetypus überhaupt etwas verblichen gewesen zu sein.

Wäre dies richtig, so würde es sofort dem Verständniss
der nächsten vielgedeuteten Verse zu statten kommen,
welche, abermals emendiert, so lauten:

μήτε χρήματ' οὖν ἀνάνδρων πλῆθος ἐν τιμῆ cέβειν,
μήτ' ἀχρημάτοιcι λάμπειν φῶς ὅcον cθένος πάρα.

In diesem Verspaar fand man vor Hermann einen doppelten
Euphemismus, zuerst für ein bevorstehendes Attentat auf
den königlichen Besitzstand, wie die Worte des Darius V.
752 enthalten, sodann auf die königliche Autorität, wie in
den Chorversen 592 bis 596 ausgesprochen, in der Rede der
Atossa V. 212, 213 angedeutet ist. Herr Prince bespricht
diese Auffassung S. 24, und erklärt ein solches Hinausgehn
über den Wortlaut der Stelle für ungerechtfertigt. Es ist
dies weniger, wenn Atossa zuvor selbst ankündigt, dass sie
von so unerhörtem kaum zu sprechen wage. Die beiden
Verse treten durch den an dem ersten haftenden Hinter-
gedanken in logische und temporale Abfolge, wie sie eine
Steigerung des Sinns enthalten: die Unbotmässigkeit wird
mit dem nächstliegenden beginnen und mit Herabwürdigung
der Dynastie — das ἀρχημάτοιcι scheint den König selbst
nach seiner Rückkehr mitzubegreifen — enden. Durch das
οὖν sind wiederum beide Fälle als natürliche Folge des
vorbesprochenen voraussetzlichen Unglücks des Königs, ohne
eben persönliche Gefährdung desselben (V. 213), charakterisiert und bilden eine Perspective, wie sie eine Berathung

mit den Chorgreisen, den Wächtern des Hauses und Hortes, einzuleiten geeignet ist. Mit πλῆθος ist jedenfalls die persische Bevölkerung in demokratischem Sinne bezeichnet, wie z. B. auch bei Herodot 3, 81; 82; 83; die Phrase ἐν τιμῇ σέβειν, die nicht minder üblich ist — Plato Ges. 1, p. 647 A —, darf in keiner Weise angetastet werden.

Mit dem nächsten Vers 167 wird Atossa, wie das γάρ erwarten lässt, zur Darlegung ihrer schon V. 165 berührten Situation zurückkehren. Der Schatz, πλοῦτος, dort die χρήματα, worauf das γε deutet, ist wirklich noch in gutem Bestand; was dort mit dem ἀνάνδρων ausgedrückt ist, sagt hier der V. 168; der ἀμφὶ ὀφθαλμοῖς φόβος sollte somit wohl als die Besorgniss um den Wankelmuth des Volks zu fassen sein, was bei Hermann's Erklärung 'oculis offusus est metus' ganz thunlich wäre, wenn nicht, wie Prince p. 31 bemerkt, eine Wechselbeziehung zwischen ὀφθαλμοῖς und ὄμμα festzuhalten schiene. Aber die Erklärungen, womit man diese herzustellen versucht hat, sind nicht glücklich. Auf Xerxes und den βασιλέως ὀφθαλμός, V. 952, in Person so wenig, als in figürlichem Sinn 'les yeux de ce corps, ce qui en fait le lustre et la sécurité,' wie Prince deutet, kann das Wort gehen, weil Atossa jetzt nicht in die Ferne zu denken hat. Sie selbst samt dem Chor, dem Wächter des Palastes, V. 4, könnte damit bezeichnet sein; aber der Ausdruck wäre verfehlt, weil er eben auf Wachsamkeit deutet, und somit diese, nicht etwan die erforderliche Macht, Ausdauer oder dergleichen, in Frage gestellt würde. Ich erinnere mich der Artikel bei Hesychius und Suidas, ὀφθαλμιάσαι, φθονῆσαι, ἐπιβαλεῖν (ἐπιθυμητικῶς) ὀφθαλμόν, und ἐποφθαλμίσας φθονήσας ἢ ἐπιθυμητικῶς ἐπιβαλών: die Verba nicht älter nachzuweisen, als aus Hyperides (Pollux 2, 62); die Auffassungsweise aber jedenfalls echt griechisch. Die ὀφθαλμοί welche die Königin fürchtet, werden die der beutelüsternen Ungetreuen sein. Es bedürfte kaum eines weitern Zusatzes, wenn die Verbindung mit dem nächsten Vers nicht allzu schroff bliebe. Es kommt aber hinzu, dass der Ausfall eines

Verses — etwan im Sinn, wie z. B. τοῖς θύραθεν οὐκέθ᾽ ἀγνῶς αὐτὸν εἰςδεδορκόςιν — gerade an dieser Stelle nicht als eine vage Vermuthung zu gelten hat. Es fehlen ohne Zweifel dergleichen hie und da im Stück, und zwar stets in bestimmten Zwischenräumen. Wie zwischen den von Hermann bei V. 805 und 893 vermutheten Lücken nach der Versabtheilung des Laurentianus 30 + 43 + 37 Zeilen liegen, und 37 Zeilen vor 892 in demselben ein leerer Raum von vier Zeilen, wenn auch mit beigeschriebenem οὐ λείπει zweiter Hand, sich findet, so kommt man beim Zurückblättern nach dieser Norm ziemlich häufig auf Stellen, wo handgreifliche Unordnung im Text, namentlich Ausfall eines, auch wohl mehrerer Verse, oder Zusammenziehung zweier, etwan am Ende der Seiten durch Wasserflecke unleserlich gewordenen, in einen zu erkennen oder zu vermuthen. Genau 36 Verse vor 804 steht der räthselhafte 778 in den Handschriften: ebenso 18 + 18 Verse früher der 731, der nach den Varianten aus zweien verschmolzen scheinen kann: viermal soviel, 24 + 45 + 44 + 35 Zeilen vor 731 steht das um neun Verse verspätete ἔρραδαι, ἔρρανται (V. 569), während zugleich sieben Verse zuvor eine Lücke im Laur. gelassen ist: zwei volle Seiten, doch die 13 zu 54 Zeilen, und zwölf Verse, also dreimal 37 und einen vor jenem ἔραδαι scheint V. 465 eine Lücke durch die Interpolation ἤϊε der neuern Handschriften verdeckt: von da 40 + 44 + 44 + 19, also viermal 37 Zeilen zurück steht die Stelle V. 316, die mit wunderbarer Sagacität Porson somit völlig richtig beurtheilt hat: ebenso weit nun ist es von dort zu diesem unsern Vers 168 nach der Hermann'schen Anordnung des zwischenliegenden Chors, die im Laur. etwas gestört, in seinem Original aber nachweislich um mehrere Zeilen kürzer war: nicht minder sind es von hier zu den bedenklichen Versen 97, 98 der Epodos des ersten Chors im Laurentianus 25 + 45 + 2 Zeilen, woraus allenfalls der Ausfall zweier Verse statt eines an dieser unserer Stelle zu folgern wäre.

Fünfte Seite.

(V. 166—207 H.)

Die Schrift der Seite ist besonders schön, völliger und runder als auf den vorhergehenden, Abkürzungen nur vier, für αι, οc und ουc, die Vokale in das C eingefügt; ein eigenthümlicher Federzug nur V. 29 (194 H), bei Hermann unrichtig gefasst, sehr häufig schon in etwas ältern Handschriften, dem ältern Theil des Aeschylus, Eum. S. 13, 38, der Paraphrase des Nonnus, dem Ravennas des Aristophanes, wie auch in viel neueren. Es will scheinen, dass bei der grösseren Sorgfalt des Schreibers oder aus einem andern Anlass die in dem ältern Codex, den er abschrieb, erhaltene Schreibweise der spätern Quaternionen öfter noch, als sonst geschehen, wiedergegeben sei. Die Diphthongen haben ziemlich auffallend V. 4 7 22 27 35 die Prosodie auf dem ersten Vokal; von den fünf Präpositionen hat nur eine, und diese von zweiter Hand einen Accent; die Apostrophierung V. 6 κεδν'̕ ἐν, wie S. 13, 3, ist die in den spätern Quaternionen, wenn ich nicht irre, von zweiter Hand eingetragene und mir sonst nur in Handschriften des dreizehnten Jahrhunderts, z. B. dem Hesiodus, Laur. 32, 16 vorgekommene: sie ist hier von erster Hand, die aber einen Acut auf κέ, den sie selbst geschrieben, durchstrichen hat. Die Accentuation von πέλανον V. 38 unterliess der erste Schreiber, vielleicht absichtlich, zu geben: er fand im Original etwan zwei Accente vor: erst der Scholienschreiber setzte den auf der ersten Silbe vorhandenen; wir kommen darauf noch auf S. 13 und 19 zurück. Dagegen findet sich die bei Hermann zu V. 185 erwähnte Form der Krasis, bestehend aus rundem Apostroph oder Koronis und eckigem Spiritus, auch noch V. 24 κ'ἀπρ und 26 χ'ἡ; die andere, die, wenn ich nicht irre, in den ältern Quaternionen der ersten Hand gehört,

fehlt hier ganz. Fernere Nachträge zur Kenntniss der
ersten Hand dieser Seite sind, dass V. 8 entschieden θέλει
steht: das θέλΗ ist durch Zusatz sehr neuer bleicher Hand,
die nur in einzelnen Stellen des Stücks, auch des Prometheus erscheint, hergestellt. Die bei· Hermann erwähnte
Correctur V. 25 und die von ϲἀϑ' V. 4, ῥάλεα 5, τὀϑ' 7,
χάλιν 30 sind durch Ausstreichen, die von ἐϑεξ V. 15 durch
Rasur erster Hand bewirkt. Sie hat, wo Apostroph und
Spiritus zusammentreffen, viermal den einen oder den andern,
wie der Abdruck giebt, fortgelassen — nach meinen Bemerkungen V. 13, 31 den erstern, 1, 20 den zweiten —: das
Jota adscr. fehlt viermal, ein Accent V. 25; der auf ϑε 21
ist nicht anders als der Abdruck zeigt.

Der zweiten Hand, des Scholienschreibers, gehört von
allem, was der Abdruck der Seite zeigt, nichts als V. 2 der
Acut auf πλοῦτόϲ, V. 22 der Apostroph in 'ϑόκ, die Längen-
zeichen über ā 18 und 19, das zweite nach einer Notiz
'ein Punkt erster Hand, von der zweiten durchstrichen';
am linken Rand bei V. 3 ein Ϲη Υ𝜈 und das zweite der
vorhandnen Personenzeichen, wo von erster Hand nur der
Horizontalstrich, den der Druck giebt: die zweite hat ἄτοϲϲα
in Capitälchen beigeschrieben.

Die Scholien füllen auch hier nicht in voller Reihe den
Rand, lassen aber dieselben Bestandtheile wie früher erkennen. Sie schliessen sich in der schwierigsten Stelle dem
sinnlosen Text an, vielleicht nicht ohne eine Spur der
bessern Lesart zu verrathen, die jedoch nicht erst durch
die Redaction des zwölften Jahrhunderts beseitigt scheint;
es dürfte die Unzialschrift eines viel ältern Codex, als selbst
der Archetypus der spätern Quaternionen, der schwerlich
andre als Minuskelschrift enthielt, falsch gelesen sein. Zu
V.·8 erklärt der Scholiast die richtigere Lesart θέλῃ, ohne,
wie erwähnt, das θέλει des Textes zu verbessern: möglicherweise fand sich auch dieser leichte Schreibfehler schon im
Original des Laurentianus, wenn die neuern Handschriften

ihn auch vermeiden. Mag es immerhin noch dahinstehn, ob · der Scholienschreiber nach demselben Exemplar des Textschreibers revidierte oder nicht: das Autograph der Redaction lag ihm sicher nicht vor.

Die beiden gelehrtern Scholien, S. 76, 8 und 13, stehn am rechten Rand etwa sechs Lettern weit von V. 15 in acht Zeilen unter einander — Z. 10 ἐδοξάτην ‖ μοι τάδ᾽ ἠπείρω (nicht ρψ) μολ....εῖν· (mit Rasur) —. Das Scholion Z. 3 steht in einer Zeile am obern Rand so: μήτ ᾽ἀχρημ/, μήτε τοὺς πενητ᾽˗ παν cθενος —. Am rechten Rand, zwei Lettern von jenem θέλει des Textes, die drei Worte αν τ˙ δύνητ}: ebenso hart am Schluss von V. 26 das Z. 17: fünf Lettern von V. 28 das Z. 20 ἐν (hier eine Sigle, die im Text über ἐν steht; ich bin nicht ganz sicher, ob das Scholion die Präposition wirklich hat) τῇ βία' δίφρουχαλινὰ ῥήccει: —: vier Lettern von V. 30, durch andre Sigle zu ζυγὸν bezogen, das Z. 21: drei Lettern von V. 33 ohne Sigle das Z. 22: vier Lettern von V. 37 mit dritter Sigle das Z. 23 in zwei Zeilen: zwei Lettern vom Schluss des V. 42 das Z. 24 in zwei Zeilen: χηλαῖc. ‖ τοῖc ὄνυξιν: — Am linken Rand neben V. 15 steht das Scholion Z. 7 in zwei Zeilen mit einem unverständlichen Zeichen 5̄ zwischen τῇ und τοῦ: wie ich glaube, auch das Z. 19, zu seinem Wort durch dieselbe Sigle, wie das rechts befindliche Z. 20, bezogen. Glossem über dem Wort ist das Z. 18.

Die neuern neun Handschriften weichen vom Abdruck des Laur. in folgendem ab. Die seltsame Abtheilung in den Trochäen setzt sich in VP bis V. 4 und von 7 bis 8 völlig übereinstimmend fort: von den übrigen schreiben nur DY in 2, Y in 8 das letzte Wort zum folgenden Vers. 2 ἔςι δὲ πλ Y τος, wie die erste Hand des Laur., alle ausser vielleicht D φής, alle, wenn genau verglichen, ausser FVP ἀμφὶ alle μοῖc, φ CY. 3 τν^ω B τν^{ω''} FV γὰρ δό-μου ν B. 4 πρὸc alle τάδ᾽ A δε, c AX. 5 τοῦδεμοι F γένηϲθε Β γίνεϲθε die übrigen ausser F und einer Variante zweiter Hand in X. κέδν' alle ἔϲϊ μοι Β Υ F μοι fehlt in P. 7 Interp. wie Laur. CF ϲε über der Zeile Y δῖϲ A D. 8 ἄν BC ἂν, ὃ F δύναμιϲ alle θέλοι D θέλη alle übrigen. 9 μᾶϲ, τ A F V P. 10 αἰεὶ V ραϲι alle ausser F V. 11 ειμ' ἀ A F ἀφ' οὖ πέρϲαιϲ ἐμὸϲ Y τὸν, Β τόν X. 12 γῆν, οἱ F V. 14 ὥϲ V εὐφροϲύνηϲ· λ A von erster Hand νηϲ λέξειϲ δέ Y. 15 την με δύο Y mit übergeschriebenem οι μοι alle übrigen δυῖο γυναῖκεϲ εὐείμονε, Β γῦναῖκεϲ εὐήμονϊ Y γυναῖκε εὐ V. 16 μέν, π alle ausser Y περϲικῆϲ C μένη, BV. 17 ἦ δ' ABDFVP ϲιν, ABCDV λεῖν· A. 18 τε fehlt in D τὲ ACP τὲ τῶ νῦν Y εὐπρεπ CY πεϲτάται C von erster und D von zweiter Hand πεϲάτα F πεϲάτω V λύ, A λὺ BCXYV.

19 ἀμώμω, meist mit Punkt oder Komma, alle γνήτᾱ· F τα· V τα, BP νουϲ, BCXY. 20 τἀυτοῦ· ACXP ταυτοῦ. BFV ταυτοῦ mit Rasur über αυ, darüber ein Circumflex Y ον. ἡ A V μὲν, ABCX. 21 ρψ V?P ἡ δὲ A D ἡ δὲ, β BCXP. 22 τούτων ϲά Y τούτω, ϲ A D τίν' alle ohne Ausnahme ἐγὼ δόκ X Y ρᾶν, BCDVP. 23 ἐν fehlt in ADXY ἀλλήληϲι ABX ληϲι CD ἀλλήλαιϲι FV λοιϲι YP θών, A θὼν, BCFV θῶν, D. 24 κέπράϋνεν etwas undeutlich A κ'ᾱπρ F κάπρ alle übrigen πράϋνε P μαϲι δ' alle ausser FV. 25 ζέυ..γν mit Rasur X νῦϲιν F αὐτώ· κ C αὐτὰ· F αὐτὰ V αὐ-
τῷ B mit Ueberschrift mit Zinnober ͞Γ͞ρ αὐτὼ ͞η̇ αὐτὰϲ λέπαχν' P. 26 χ'ἡ alle μὲν, τ alle, nur V μεν, τ λῆ sicher ADXY; der Zug in B zweideutig. 27 ἡνίαιϲιν δ' εἶχεν A F αιϲῖ τ' εἶχεν B mit δ über τ αιϲϊ τ' (kaum τ') εἶχεν C αιϲϊ δ' εἶχ DVP ἡνίαιϲ δ' εἶχ XY εἶχεν aus εἶχον von erster Hand X εἶχε δ' εὖ Y εἶχε τ' εὖ P. 28 ἦ δ' alle ausser Y, wo ἠδ', und D, wo der Buchstabe fortgerissen ἐϲφαδαζεν καὶ ohne Accent Y ἐν τῆ, ὃ ACDFVP δίφρον A; BD beide mit übergeschr. ου; XFP δίφρω Y, ου von zweiter Hand übergeschr. 29 βία ADV βῖα, BX;

F undeutlich βία· P βίᾳ Y mit seltsamem Zug.   30 νῦν
καὶ D, X erster Hand, vielleicht A.   31 παῖc fehlt in V.
32 cφέ· P τόν δ' alle ohne Ausn.   ὁρᾶι, B ρᾶ, CD
ρᾶ· V ρᾶ AXYP.   33 ἕηc, π ABCDVP ῥῆγν Y
νυcῖ X.   34 δή, ν V.   35 ἐπεί δ' alle ausser FP ἀν-
έϲαν mit übergeschr. η .F καὶ χερcὶ καλλ BY λιρρόου alle
ausser der ersten Hand in Y; in X das zweite ρ von erster
Hand über der Zeile.   36 χερὶ, BDP χερῖ, A χειρῖ C
37 βωμῷ A ῶ über ὸν D von erster Hand μοcῖ alle
ausser FV.   38 θύcαι Y πέλ alle τέλη τὰ τάδε Y.
39 ὁρῶ δε CDY δὲ, φ B αἰετὸν, π BY·   40 φόβῳ X
θην φίλου V.   41 μεθύϲ alle ausser F μω alle.   42
ϲεροῖc ἐφ V.

Die Seite ist ohne erhebliche Emendation Hermann's
geblieben, obgleich der Anlass dazu nicht eben fehlte.
Meineke (Bemerk. S. 235) nimmt gerechten Anstoss an V.
173. Die drei Begriffe δύναμιc Kraft, Vermögen, ἡγεῖcθαι
zuvorthun, und θέλειν in Verfassung sein, stimmen offenbar
keiner zu den beiden andern.   Daher bleibt auch nach
Meineke's Beseitigung des θέλῃ noch immer eine Unver-
träglichkeit der beiden übrigen: die δύναμιc kommt bei dem
ἡγεῖcθαι, wie es nach der angeführten Stelle, dem sehr häu-
figen ἐξηγεῖcθαι entsprechend, zu fassen, sehr wenig in Betracht: sie ist das Hauptmoment beim Aneignen eines fremden Vorschlags, wie hier in der That die Sache liegt.
Welche Initiative hätte wohl der Chor der Königin gegenüber zu üben; und sagt ja doch der vorhergehende Vers
auf das bestimmteste, dass er sie eben von ihr erwartet.
Es wird, wie oben, ein Apostroph und Spiritus zuzufügen
und zu lesen sein

ὧν ἂν δύναμιϲ, ἡγεῖcθαί θ' ἕλῃ.

'wozu ich die Kraft habe' — ein ἦ ausgelassen wie bei
Homer, Il. 5, 481 und sonst — 'und du mir voranzugehn
geruht haben wirst'.

Unweit der schönen Herstellung Scaliger's ist V. 195
das ἄνευ χαλινῶν noch fast ebenso sehr einer Emendation

bedürftig. Das χαλινά des Scholiasten Z. 20 kann einer verschwundnen Lesart χαλινόν oder χαλινώ entstammen. Sodann kann ein Schreiber, der für ἔντη ἐν τῇ schrieb, auch wohl einen Buchstaben übersehn haben. Es stand vielleicht:

ἀμὺξ χαλινώ.

Die Form des Adverbs ist bei Nikander hinlänglich beglaubigt, der Sinn des Worts durch das ἄμυγμα χαίτας bei Soph. Aj. 633 und die mehrfache Paraphrase durch cπαράτ-τειν bei Hesychius ebenfalls dem hier erforderlichen angenähert. — Zu Ende vielleicht δρόμῳ πτερῶν zu lesen?

S e c h s t e   S e i t e.

(V. 208—251 H.)

Die Schrift ist so schön wie die der vorigen Seite, auch wohl von derselben Hand und nur scheinbar von anderer Federführung. Neu ist nur der Schriftzug des ϛ, hoch über die Zeile erhoben, V. 6 in ϛω, der indess vereinzelt ebenso in den ältern Quaternionen vorkommt; dazu eine erhebliche Anzahl Abkürzungen von Endsilben, wie sie in den Scholien häufig und in kalligraphischen Handschriften hohen Alters, z. B. einem Vat. 1158 der vier Evangelien, schon im Gebrauch sind. Der Abdruck wird sie kaum alle wiedergeben: zweifelhafter Bedeutung ist keins, auch das bei Hermann V. 238 angedeutete nicht, obwohl es in der That dem der Silbe ο̄ῑϛ V. 21 und fast auf jeder Seite der Scholien, in Gestalt eines spitzen Winkels, nicht völlig — am ehesten noch in dem Scholion S. 79, 1 ἄλλοιϛ — entspricht. Ausser diesem und dem αι̇τ̇ V. 12 stehn sie zu Ende der

Verse 7 13 14 18 21 24 26 30 36, und mögen aus einer
Handschrift übertragen sein, wo der Raum für die trochäi-
schen Tetrameter beengter war. Hier fehlte er durchaus
nicht, nachdem zumal schon von Anfang der Seite bis V.
15 und von da nochmals durch Vorrücken der Zeilenan-
fänge von der sonst eingehaltenen Norm mehr als hinläng-
liche Vorsicht gebraucht war.

Da der Abdruck die Gestalt der Spiritus in der Handschrift, die Lenes besonders fast durchaus scharf und recht-
winklig, die Asper oft annähernd unserer Weise, nicht dar-
stellt, so ist der auf dieser Seite besonders häufige Fall, wo
entweder ein Spiritus oder ein Apostroph fehlt, undeutlicher
als in der Handschrift. Dagegen thut der Abdruck vielleicht zu viel, indem er die Accente der Diphthongen, wo
sie nicht entschieden über dem zweiten Vokal stehn, dem
ersten zutheilt. Völlig gerechtfertigt ist dies der letzten
Revision zufolge nur V. 18, wo ευ nicht, wie oft, durch
Abbreviatur gegeben, 27 34 ὄυτε und 38: schon 34 ὄυλ,
noch mehr 7 8 22 29 39 zeigen Mittelstellung oder dergleichen. Die Accentuierung des zweiten Vokals überwiegt
dennoch in noch weit höherm Grad, als in den Scholien,
wo die entgegengesetzte Weise dem gleichzeitigen Schreiber
sehr geläufig ist.

Im Text selbst sollte jede völlig unzweideutige Spur
der frühesten Schreibung nach Möglichkeit festgehalten
werden. Deshalb wurden unbedenklich V. 32 und 38 so
gegeben, wie sie stehen. Im erstern war sogar ziemlich
gewiss, dass der erste Schreiber φερ αcπι δεc ἀγαί· hinter-
liess. Der Asper über α ist in ein davor eingetragenes
hohes c verschlungen, das α und εc gleichzeitig, wie es
scheint, überzogen: unterhalb des εc erscheint eine Rasur.
V. 38 ist über das α in νημαρτῆ ein übergrosses ε eingetragen. Hand und Tinte schien in beiden Fällen dieselbe,
'sehr neu aber tief schwarz', ungleich der der Scholien und
des Diorthoten und zum drittenmal erkennbar in einigen
Federzügen, durch welche V. 44 aus περcὸν der ersten

Hand περϲῶν hergestellt ist, was der Abdruck erwogener
Massen giebt. Diese Verbesserungen würden, wenn ich
recht gesehn, der zweiten Hand völlig fremd sein, sie hätte
sie, obwohl zu zweien der Verse Scholien einzutragen
waren, verabsäumt. Die Diorthose war überhaupt ober-
flächlich. Sie hat V. 9 aus dem ἀποτροπεῖν des Abdrucks
durch ein unter die Zeile gezogenes η ἀποτροπὴν gemacht,
V. 16 in παρή'ν das Jota eingeschoben, V. 27 in 'ὧδε den
Spiritus nachgetragen. Auch V. 16 verstehe ich jetzt nicht,
wie die Correctur von 'ὧν coι in ὥν als von erster Hand
hat erscheinen können, wie die letzte Notiz giebt: der
frühere Spiritus ist durchkreuzt und der Circumflex zum
zweiten verwendet. Von zweiter Hand ist ein Theil der
Interpunktion: alle Punkte 1 21 23, die vorderen der beiden
28 und 34, daher vor letzterem wohl auch die Durchkreu-
zung des frühern Gravis durch Acut in φωτοϲ: die Diastolä 4 14 15 32: das Fragezeichen 27 und die Verwand-
lung der Punkte in Fragezeichen 29 31. Ausserdem die
Personenbezeichnung am Rand von V. 41, wo schon die
erste Hand durch fast unmerkliches Vorrücken und grösse-
res 'ὠ den Wechsel anzudeuten scheint: auch V. 18 schien
der Querstrich von zweiter Hand, nur früher eingetragen
als die Scholien, die ihm auszuweichen scheinen. Was von
Schreibfehlern oder Ungleichmässigkeiten der ersten Hand
unberührt geblieben ist, giebt Hermann's Collation grossentheils sehr pünktlich: erwähnenswerth ist sonst nur etwan
der herodianische Accent τῆνδε V. 25, der den zu V. 226
verzeichneten τὴν δ' erläutert, und die Differenz der Krasen
15 und 33. Die übrigen siebzehn Kleinigkeiten giebt der
Abdruck V. 1 2 7 10 13 15 18 21 22 29 32 33 38.

Die Scholien zerfallen, wenn auch in ungleichem Verhältniss, in die gewöhnlichen vier Classen. Die Lemmascholien, welche vollständig aus einem andern Exemplar
ohne sonderliche Rücksicht auf den Text entlehnt sein
mögen, auch hier fast durchaus und wohl ohne völlig er-
sichtlichen Grund an unrechter Stelle stehn, enthalten am

leichtesten Varianten. So stimmt das ἔρξας des Scholions
S. 77, 11 nicht zu dem ἔρξας des V. 28. Das Lemma des
Scholions Z. 6 zeigt den fehlerhaften Text des Laurentianus: dagegen könnte es scheinen, als sei, vielleicht in
Folge einer Auslassung, die folgende Erklärung, falls Dindorf's Interpunktion die richtige ist, vielmehr auf die Variante ἐξιλέοιτο, welche sich in den Handschriften ACDXY
erhalten, bezüglich. Wiederum enthält das Lemma Z. 15
die verfehlte Worttrennung, wie auch V. 32 des Textes
ἔγχης ταδ samt der berichtigenden Diastole.

Weitere Ausbeute für die Kritik des Textes fehlt. Die
Lemmascholien, mit grossen Initialen, das erste ausgenommen, beginnend, alle mit Doppelpunkt endigend, stehn am
linken Rand: das S. 26, 25 bei V. 4 in vier Zeilen — τέος.
Οὐ δίκας — ziemlich an seinem Ort, die übrigen um einen
oder zwei Verse zu tief. Das S. 77, 1 in drei Zeilen —
ἀλλ' ἀπὸ (nicht ὑπὸ λογ.) — steht bei V. 17; das Z. 3 in
vier Zeilen — ἔυνους: ἀντὶ cὺ — bei V. 19; das Z. 6 in
drei Zeilen — ἐξι ‖ λέωσις. εἰς ἀγαθὸν ἀπο ‖ — bei V. 22, um
zwei Verse zu spät; das Z. 7 in fünf Zeilen — ὁ ἄνεμος
ὁ ἀπὸ δυ ‖ ϲμῶν — bei V. 25; das Z. 11 in zwei Zeilen,
mit einem Zeichen über ἔρξ, von dem ich nicht notiert, ob
es im Text sich gleichfalls findet, bei V. 29; das Z. 13 in
drei Zeilen bei V. 31; das Z. 15 in vier Zeilen bei V. 33.

Die zweite Classe führt gewisse Zeichen, die bei den
von Dindorf vorgesetzten Textworten wiederkehren: zuerst
vier verschiedene, von denen das zweite und das über ἔρξ
in den beiden letzten Scholien sich wiederholen. Das Scholion S. 76, 29 steht links sechs Lettern weit von seinem
Vers; das Z. 30 muthmasslich ebenfalls links, in zwei Zeilen — zwischen τὰ und cχεθ. eine Lücke, ohne Rasur,
wegen schadhaften Pergaments, ὑπὸ ‖ τῆς γῆς. ἀφ. —; das
S. 77, 10 in drei Zeilen rechts hart bei V. 26; das Z. 19
in zwei Zeilen rechts hart bei V. 38; das Z. 21 muthmasslich rechts bei seinem Vers.

Ohne Zeichen steht das Scholion Z. 17, nicht wie bei Dindorf angedeutet, bei V. 35, sondern halb in der Weise der Glossen in drei Zeilen über und neben dem ὑπήκοοι V. 34: die Scholien Z. 18 und 20 hart am Ende von V. 27 und 28. Die übrigen vier sind Glosseme über den Wörtern.

Die Handschriften ABCDXY, verglichen mit dem Laurentianus, ergeben folgendes Verhältniss.

V. 1 δ δ' ABDX δδ' C τίλλον δ' οὐδ Y οὐδέν ἄλλω ἢ D ἄλλο ἢ AC ἄλλο τῆ π Y ἄλλοτ' B ἔας, δέμ A ‖ τῷ κίρκῳ τύπτεσθαι παρεῖχε ‖ als besonderer Vers CD ‖ τῷ κῖρκῳ (diese Worte vielleicht auf Rasur A) τύπτεσθαι (τύπτε B) παρεῖχε. ταῦτ' ἔμοιγε (ἔμη über η geschrieben οιγε B) δείματ ἐ˙˙ς Ἰδεῖν (mit Rasur, ob eines ι oder etwan ς, nicht sicher zu erkennen; von zweiter Hand ς, Ἰ', nicht ς: alle Prosodie von erster Hand in A˙ ματ' εςιν (?) Ἰδεῖν, von ταῦτ' ab klein und eng geschrieben, B.) ‖ AB χε. ταῦτ' ἐμοὶ δείμ XY ‖ ταῦτ' ἐμοίγε (ἔμοιγε C) δ. ἔς' ι. ‖ CD. 3 θ' ὑμῖν δ' B ἐμός AD ἐμὸς BX. 4 wie Laur., εὖ, θ ABD ἄν C νήρ. X νὴρ DY in A alle Accente verlöscht. 5 δε D ἔας, AX οὐχ' ὑπ A. 6 θεῖς δ' BCDXY, in A nicht erkennbar δε κοινωνεῖ χθ Y χθονὸς˙ DY. Von hier an schreibt D sechs Zeilen in zwei Columnen, deren rechte grossentheils, z. B. V. 7 von μῆτερ an, weggerissen. 7 βουλόμεθα alle ausser X; in A der ganze Vers überzogen μάτερ B. 8 θαρςύνειν AB(CD)XY οὐς δε Y προτροπαῖς A ἵκν X. 9 ἀποτροπὴν alle τελεῖν fehlt in Y ἀποτρ. λαβεῖν C; A von zweiter Hand auf verlöschtem Text der ersten. 10 τἀγαθὰ δ' ἐκτ AY τἀγαθά δ' ἐ CDX τὰδ'ἀγαθάδ'ἐκτ B ἐντελῆ (aus ἐκτ corrigiert) C˙ coὶ τὲ BXY καὶ τέκνω cέθεν BX. 11 λει. XY τὲ AX ὰς, X ὰς, Y 12 τῆ BDXY καὶ θνητοῖς χέεσθαι Y cθαι. πρευμενῆ δ' A τοῦ, τάδε C. 13 ον, ὄν A ον. ὄν B φῆς Y φὴς ι. κάτ' εὐφ. alle übrigen. 14 κνω BDXY τὲ ACDX ος. X. 15 τὸυμπαλιν C (δὲ alle) τῶνδε, τ BXY γαῖα AB γαῖα XY (κάτοχα μαυρ B?